意地悪伯爵と不器用な若奥様

水島 忍

Illustration
アオイ冬子

意地悪伯爵と不器用な若奥様

contents

gabriella

イラスト／アオイ冬子

意地悪伯爵と不器用な若奥様

第一章　強制された結婚

イブリンはきらびやかな大広間の隅っこで、踊る男女を冷めた目つきで眺めていた。

ああ、早く帰りたい！

舞踏会なんかに出席して、なんになるのだろう。どんな男性ともダンスなんかしたくないし、華やかに着飾った娘達と話そうとも思わない。

もっとも、誰もイブリンにダンスの申し込みなどしないし、着飾る娘達も話しかけてきたりしないのだが。

どうせわたしは商売人に身を落とした名家のネズミ娘よ。

どうしてネズミ娘と呼ばれているのかというと、まずひとつに冴《さ》えない色の古臭いデザインのドレスばかり着ているからだろう。もうひとつ理由があるのだが、それを思い出すと腹が立つだけなので、なるべく思い出さないようにしている。

父は商売人に身を落としたと嘲笑《あざわら》われているものの、それも仕方のないことなのだ。いくら名家でも貧乏でいるよりは、商売をして裕福な暮らしをしたほうがいい。イブリン自身はどんなに陰口を叩《たた》かれても、父のしたことに誇りを持っている。借金ばかりの貴族よりよほど潔《いさぎよ》いではないかと思う。

ともかく、そんなわけで、イブリンは舞踏会で特にすることもなかった。食べるか、飲むか。こうして隅っこで立っているだけの、ほぼ傍観者でしかなかった。付き添いとして雇っている中年の女性はおしゃべりに夢中で、イブリンにはなんの関心もないようだった。けれども、あれこれうるさく言われるよりはいい。

それにしても……退屈で仕方ないわ。

こんな舞踏会に出席するくらいなら、家で読みかけの小説の続きでも読んでいたい。それが許されないのは、娘をなるべく良家に嫁がせたいという父の親心のためだった。イブリンの母は早くに亡くなったため、父はイブリンを不憫《ふびん》に思い、溺愛している。そして、イブリンも父を愛しているから、言いつけに従っているのだ。

父はイブリンが舞踏会で楽しく過ごしているものと思っている。そういった作り話をあれこれ喋《しゃべ》っているからだ。父が悲しみだけだと判《わか》っているのに、まさかずっと立っているだけだったなんて、言えるわけがない。

ああ、足が痛くなってきたわ。

踊りもしないのに、踊るための靴を履いてきている。馬鹿馬鹿しいったら……！

別に踊りたくはない。ダンスは下手だから。しかし、念のためだ。ひょっとしたら、王子様のごとき容姿の素晴らしい男性が、イブリンの魅力に気づいてくれて、ダンスを申し込んでくれないとも限らない。

いや、そんなことはないと判っている。判っているけれど……。

イブリンはロマンティストだった。そして、ロマンス小説が大好きなのだ。

物語のようなドラマティックなことが、ネズミ娘などという不名誉なあだ名がついている自分の身に起こるはずもない。それでも、ほんの少しの希望は持っている。

いつか本当のわたしを判ってくれる人がいるはず。

そして、本好きの自分を家から引っ張り出して、新しい夢の世界へ連れていってくれる誰かが現れるかもしれないと思うのだ。

イブリンは毛先がカールしている黒髪に、輝く緑の瞳を持っている。色白でそこまで器量は悪くないと思うのに、全体的になんだか薄ぼんやりとしていた。どこが悪いのか、さっぱり判らない。ひょっとしたら、自分で気づかないだけで、ネズミ娘の名にふさわしい不器量娘なのかもしれないと思ったりもする。

でも、外見だけよくても、意地悪な令嬢みたいにはなりたくないわ！

他人のことをよくもネズミ娘だなんて笑えると思う。そんな品性のない令嬢などと友達にはなりたくない。こちらから願い下げだ。

本当に舞踏会なんて退屈で……。

ワルツの音楽が流れてきて、イブリンは踊る人の輪の中に『彼』を見つけた。

アリステア・シャーウッド。またの名をフェアフィールド伯爵。金髪の貴公子とか言われているのを聞いたこともある。

でも……わたしはあんな人なんか大嫌いよ！

イブリンは舞踏室の隅から彼を睨《にら》みつけた。彼はイブリンにそんな目で見られているとは知らずに、美女と上機嫌で踊っている。彼の周りには何人もの美女が群がる。そして、何人もの未婚の娘達も彼に近づきたがる。その母親も彼に擦り寄り、娘を花嫁に差し出そうとしていた。

何故《なぜ》なら、彼は未婚の伯爵で、まだ二十九歳だ。顔立ちも美形で、身長も高く、スマートながら筋肉質な体形をしている。そして、それなりに裕福だと聞く。年頃の娘を持つ母親なら、彼をぜひとも娘の花婿にしたいと思うだろう。

もっとも、彼は社交界で美しい未亡人や女優やオペラ歌手と浮名を流すことだけが生き甲斐みたいだけど。

皮肉めいた考え方をしてしまうのは、やはり彼が気に入らないからだ。

確かに彼の顔は整っていて、男らしい。彼の父親とイブリンの父は昔から固い絆《きずな》で結ばれているらしく、かつては家族ぐるみの付き合いをしていたので、彼のことは子供のときから知っていた。

実は今となっては恥ずかしい過去なのだが、彼はイブリンの初恋の人だった。

だって、金髪で青い瞳の少年だったのよ……。

といっても、イブリンは十八歳で、十一歳も年齢が離れている。だから、彼が十七歳の少年だった頃、イブリンは六歳で、彼のことを王子様であるかのように憧れていた。

彼はイブリンなど眼中にはなかった。子供のイブリンに優しくしてくれたことはあったが、それは父親の友人の娘だったからだろう。イブリンのほうは王子様みたいな彼がずっと好きだった。

それは、社交界にデビューするまで続いて……。

イブリンはあのときの屈辱をまた思い出して、手にしている扇子をギュッと握りしめた。

デビューしたのは二年前。十六歳のときだった。父は少し早いのではないかと危惧していたが、叔母が早いうちにデビューさせたほうが早く結婚できると勧めたのだ。

憧れのアリステアにダンスを申し込まれたい。その一心で、イブリンは必死でマナーを覚え、下手なダンスの練習に没頭した。

そして、いよいよ舞踏会でアリステアと顔を合わせたとき、イブリンの夢は砕け散った。

イブリンは彼を見かけて、思い切って声をかけてみたのだ。顔見知りが彼だけだったということもある。

アリステアはイブリンを無表情にじっと見つめ、やがてニヤリと笑うと言った。

『まるでネズミみたいだな』

ショックだった。確かにそのとき着ていたドレスは薄いグレーで襟元が詰まった冴えないデザインだった。父も叔母も、若い娘がちゃらちゃらと着飾ることをいいことだとは思っていなかったからだ。十六歳のイブリンは今より身長も低かったし、小柄な身体に地味なドレスで、彼がネズミみたいだという感想を持っても仕方ないかもしれない。

けれども、社交界にデビューしたばかりで希望を胸に抱いた娘に対して、そんなひどいことを言うなんて思いやりの欠片《かけら》もない。しかも、たまたま、そのとき周囲に同い年くらいの娘達がいた。彼女達はクスクス笑いながら、イブリンのあだ名を決めた。

『ネズミ娘』と。

そんなわけで、今に至るまで、イブリンは彼のことが大嫌いで、今もあのときのことをしつこく恨んでいた。

あんな男なんか、いいのは顔と家柄だけじゃないの。性格も口も悪い。最低の男よ。

彼のお父様はあんなにいい方だったのに……。

しかし、残念ながら一年前に亡くなってしまった。いや、正確に言うと、まだ一年は経《た》っていない。だいたい、まだ喪中のはずなのに、どうして彼は舞踏会に顔を出しているのだろう。

イブリンは顔をしかめた。

きっと美女が恋しいのだ。彼は社交界では人気者で、派手に遊び回っている。伯爵には跡継ぎが必要で、いつかは彼も結婚するだろうが、きっとものすごい美女か、もしくは家柄のいい大人しい娘と結婚するに違いないと噂《うわさ》されていた。ただ、今のところは遊びに忙しいだけだと。

まあ、わたしには関係のない話よ。

イブリンは退屈であくびが出そうになり、扇を開いて口元を隠した。ふと視線を感じて、そちらに目を向けると、そこにはアリステアがいた。しかも、彼はイブリンのほうを見ている。

気のせいかと思ったが、目が合っていた。

いつもなら、イブリンのほうなど、彼は見ていないはずなのに、どうしてこんな間の悪いときに限って見ているのだろう。顔を赤らめて、視線を逸《そ》らした。

これでいい。彼はわたしに興味はないんだから。

まだ視線を感じるが、きっと気のせいだ。彼のことなど考えるのをやめて、読みかけの小説のことでも考えよう。

「イブリン・カートライト」

低く深みのある声で、いきなりフルネームを呼ばれて驚く。

いつの間にか、アリステアがイブリンのすぐ傍にいた。

彼から声をかけられたのは初めてだ。イブリンは彼のことなど気にせずにいようと思っていたのに、急に声をかけられて驚いた。

「あ、あの……フェアフィールド伯爵」

彼は目を丸くして、それからクスッと笑った。舞踏会では、イブリンは遠目には何度もこの

魅力的な笑顔を目にしたことがあったが、こんなに近くで見たのは初めてだった。

金髪はシャンデリアの光を受けて輝き、青い瞳はサファイヤのような深い色で、見ていると、そのまま吸い込まれてしまいそうになる。

「他人行儀だな、イブリン。私の名前くらい知っているだろう？」

「アリステア……」

イブリンは困惑していた。彼の名前くらい当然知っているが、どうして彼が自分に声をかけてきたのかが判らない。それに、他人行儀だと言われても、まるっきり赤の他人だ。文句を言われる筋合いはまったくないと思うのだ。

「そうだ。アリステアだ。さあ、たまには踊ろうか」

彼はイブリンに手を差し出した。イブリンは突然の成り行きに頭がついていかず、その手をじっと見つめる有様だった。

「警戒しなくていい。取って食ったりしないから」

アリステアは強引にイブリンの手を取ると、大広間の真ん中に連れていこうとする。イブリンははっとして、手を離そうとするが、彼は離してくれない。

「ちょっと待って。わたしはあなたとダンスするなんて一言も……」

「あくびが出るほど退屈なんだろう？　だったら、私と踊ればいい」

「わたし、ダンスは苦手で……」

何しろ、ダンスの練習をしていたのは二年前のことだ。イブリンをダンス嫌いにさせた張本人がアリステアだというのに、今はその彼が自分をダンスに誘っている。

なんの気まぐれなの？　それとも、わたしを憐《あわ》れんでいるの？

彼は微笑《ほほえ》みを浮かべていて、思わずイブリンはぼうっとしてしまう。

だって、顔はとても素敵なんですもの。性格は最悪だけど。

「私のリードに合わせていればいいよ」

いつの間にか、彼はイブリンの身体を引き寄せ、ワルツのステップを踏んでいる。今更、ここで逃げ出したりしたら、笑い者になってしまう。彼は舞踏会でいつも注目されている存在なのだ。ネズミ娘が逃げ出したと嘲笑《あざわら》われるだけだ。

イブリンは仕方なく昔覚えたステップをなんとか思い出し、彼のリードに合わせた。

「なかなか上手《うま》いじゃないか。どうしてダンスせずに、あんな隅っこにいたんだ？」

彼の言い方では、まるでイブリンが好き好んで隅っこにいたみたいだ。そもそもの元凶はアリステアなのだと思うと、腹が立ってくる。ネズミ娘とあだ名をつけられてしまった今では、わざわざイブリンをダンスに誘う酔狂者はいない。

「ダンスを申し込まれないんだから、仕方ないでしょう？」

彼は整った男らしい眉をひそめた。

「一人も？　そんなはずはないだろう？」

「自慢ではないけど、わたしをダンスに引っ張り出したのは、あなたが初めてよ」

「まさか……信じられない」

彼はイブリンの顔をまじまじと見つめた。

きっと彼は昔イブリンにどんなひどいことを言ったのか忘れているのだろう。それを聞いた周囲の令嬢達がクスクスと笑ったことも。そして、その令嬢達がイブリンを仲間外れにして、その悪意のあるあだ名を若い男性に広めたことも。

「君が社交界にデビューしたのは二年前だろう？　君に言い寄った男性の一人や二人はいると思っていたんだが」

「残念ながら、誰もいないわ」

イブリンは内心、首をかしげた。彼はどうしてそんなことを考えたのだろう。イブリンなど彼の視界には入っていなかったはずだ。今になって、急にイブリンに目を留め、声をかけ、それどころかダンスに誘うなんておかしいと思う。

一体、彼は何を考えているの……？

イブリンには理解ができない。

しかし、彼の住む世界とイブリンとは違うようだから、理解できなくても当たり前かもしれない。彼は派手に遊んでいる印象があり、美女のことしか頭にないような気がするからだ。とはいえ、さすがの彼も父親の喪中には領地に帰って姿を現さなかった。

領地にいた間に何か心境の変化でもあったのか。

なんにしても、イブリンには関係のないことだ。彼が気まぐれでダンスの相手をしてくれても、これからのイブリンの社交生活に変化があろうはずがなかった。

「不思議だね。君は……その、あまり着飾らないタイプだが、持参金はたっぷりあるだろうに……」

彼は失礼なことをさらりと口にした。

着飾らないタイプという言い方は、彼にしてはめずらしく気を遣っているようだが、要は、イブリンに魅力がなくても、持参金目当ての男性が寄ってくるはずなのに、どうしてそれさえも寄ってこないのかと言っているのだ。

例のネズミ娘というあだ名をつけられて以来、それが男性にも広まっている。男性はネズミ娘をダンスに誘うなんて恥ずかしいと思うようになっていた。ネズミ娘と踊るほどパートナーには困っていない。いや、ネズミ娘に目を留めるほど財政的に困窮しているのだと周囲に思われたくないらしい。

元はと言えば、全部、目の前の男のせいだ。イブリンは彼を睨みつけた。だが、彼のほうは困ったように微笑むだけだった。

「君は目が悪いのかな」

「え……どういう意味？」

「目が悪い人はそんなふうに睨むような目つきをすることがある。その癖を直さないと、誤解されてしまうな。ああ、だから、君にダンスを申し込む男が現れないのか」

彼は謎が解けたとばかりに笑みを浮かべる。

まったくの勘違いだ。本当に睨んでいるのに、彼にはまったく伝わっていないなんて。いっそ、自分が何を思っているのか、本音を教えてやろうか。けれども、彼の一言で、こんなにも自分が惨《みじ》めになっていることを、彼に知られたくない気持ちもある。悔しいからこそ、知られたくないのだ。

アリステアはイブリンの考えていることなどまったく気づかず、笑顔で言った。

「笑ってみるといいよ。さあ、笑って」

「……おかしくもないのに笑えません」

腹立たしい気持ちを抑えるのが大変なのに、笑う余裕はない。

「じゃあ、微笑んで。簡単なことだろう？　口の両端を上げればいいんだ」

イブリンが微笑むまで、彼は笑えと言い続けるのかもしれない。仕方ないので言われたとおり、口角を上げてみる。

「うん……。まあ……怒っているようにも見えるけど、いいよ。睨むよりは、今の表情のほうがいい」

なんだか無理して褒めているみたいに聞こえる。彼が裕福なのを知らなければ、持参金が目当てなのかと思うところだ。

あのネズミの件以来、イブリンは彼と話したこともなかった。彼のほうも話しかけてこないし、はっきり言うと無視されていたのだ。彼の父親の葬儀に出席したときも、彼は父に丁寧に礼を言ったが、一緒に来たイブリンには目礼《もくれい》しただけだった。

だからこそ、彼の突然の変わりようが理解できない。やはり喪中で社交界に顔を出さないでいるうちに、彼は少し変わったのだろうか。

イブリンは彼の顔をじっと見つめた。変わったとすれば、それは内面で、外側にはまったく違いはない。あまり見つめすぎてしまったせいか、彼はにっこり笑った。すると、彼のことを嫌いだと思っているはずなのに、ついその笑顔に見蕩《みと》れてしまう。

だって、とても優しい笑顔に見えたから。

そうよ。それだけよ。別に深い意味はないわ。

彼がどんな心ない言葉を口にする人間であろうとも、優しい面も少しくらいは持ち合わせているだろう。それがたまたまその笑顔に現れることもあり、イブリンはそれを目撃したに過ぎない。

とにかく馬鹿みたいに彼の顔に見蕩れているわけにはいかない。なんとか視線を外そうとして、間違って彼の足を踏んでしまった。

「あっ、ごめんなさい」

彼は体勢を崩しそうになったイブリンの身体をスマートに支えた。

頬が真っ赤になる。彼と踊っている自分のことを、意地悪な誰かが見ていて、嘲笑《あざわら》っていることだろう。初めてダンスに誘われて、舞い上がっているからステップを間違えるのだと。

「大丈夫だよ」

彼は笑うことなく、イブリンを元気づけてくれた。

そんなときの彼は、昔イブリンが恋していた頃の優しい彼のようで……。

そのとき音楽が終わり、はっと我に返る。夢のようなことを考えるところだった。ネズミみたいだと言われる以前の彼に戻ったような気がしたのだ。

彼は元々性格の悪い人間だったに違いない。イブリンが勝手に夢見て、理想の王子様だと思い込んでいただけで。

アリステアはイブリンの手を取り、わざわざまた元の場所まで戻してくれた。

大広間の隅っこに。

そうよ。ここがわたしの場所なんだわ。

彼は気まぐれでイブリンを誘っただけに違いない。だが、舞踏会で初めてダンスをしたのは確かで、これで『一度もダンスをしたことがない』と意地悪な令嬢達に馬鹿にされることだけは避けられる。

「ありがとう」

思わず彼に礼を言うと、彼はクスッと笑った。

「お礼を言うのは、ダンスを申し込んだ僕のほうかもしれないな」

お世辞だろうか。イブリンは深く受け取らないことにした。

なんにしても、ひょっとしたらこれで他の男性もダンスを申し込んでくれるようになるかもしれない。何しろ、社交界の人気者フェアフィールド伯爵とワルツを踊ったのだから。

あの令嬢達もさすがに、アリステアのことを持参金目当てのさもしい奴《やつ》だと噂はできないだろう。

そう考えれば、彼の気まぐれに感謝してもいい。

彼はイブリンの目を覗《のぞ》き込《こ》むように顔を近づけた。

ドキッとする。あまりにも近くに彼の顔があるから、キスをされるのかと思ったのだ。

もちろん、そんなわけはなく、彼はただイブリンに囁《ささや》きかけただけだった。

「明日、君の家を訪問しようと思う」

イブリンは肩の力を抜いた。

「父に会いに……？」

「君に会うために」

わたしに会うために？　わざわざ？

独身の男性が舞踏会で気に入った若い娘を訪問するのには、特別な理由があるものだ。普通は、結婚相手として興味があるからだ。そして、相手を見定めるためだった。

でも、まさか彼が……。

イブリンはぽかんとして彼を見つめた。彼の瞳に何か憂《うれ》いのような表情が過《よ》ぎった。

「用があるんだ」

「そうなの……」

結婚を意識する相手に、そんな無粋な訪問理由を告げる男性はいない。だとすると、彼は本当に何かイブリンに用事があるらしい。なんの用事なのか、見当もつかないが。そもそも、彼と自分の間には何もなかった。ただ父親同士が親しかったというだけなのだ。

「お父様のことで何か？」

「会ったら話すよ。……では、また明日」

彼はそう言って、イブリンから離れていく。イブリンはその背中を見ながら、なんとなく淋《さび》しい気分になった。

彼とワルツを踊るのは、夢のような時間だった。優しい笑顔がまだ頭から離れていかない。彼の手の温《ぬく》もりも残っているような気がする。

大嫌いな男なのに。

イブリンは自分の恋心が完全に死んではいなかったことに気づき、苛立《いらだ》ちを感じた。

翌日、イブリンは朝から落ち着かなかった。

初恋の相手が自分を訪ねてくるという。あれは本気だったのだろうか。もしかしたら、からかわれていただけかもしれない。

通常の男性の訪問と違うことは判っているのに、彼が来ると思うだけで、妙な期待をしてしまう。

ああ、もう！

夢なんか見るのはやめなくては。

期待すれば裏切られる。彼がイブリンをネズミみたいだと思わなくなったとしても、急に愛に目覚めて、プロポーズをしにやってくるなどということは絶対にない。

だいたい、彼はわたしの社交界デビューを台無しにした張本人じゃないの。

彼があんなことを言わなければ、男性にプロポーズされる機会があったかもしれないのだ。

確かに自分は地味なドレスを着ていて、そんなに器量よしでもないし、あまり社交が上手ではない。しかし、こんな娘でもいいと言ってくれる男性がいないわけではないだろう。

二年前のことを思い出すと、また苛々《いらいら》してしまう。イブリンは落ち着こうとして、父の書斎へ向かった。

父はめずらしく書斎にいた。

「お父様、今日はどうなさったの？　いつもなら会社にお出かけでしょう？」

カートライト家はかつて大地主だったが、祖父が亡くなったときにはもう没落していた。父は貧乏から逃れるために先祖から受け継いだ大事な土地を担保に大借金をし、それを元手に工場を建て、大量生産のための機械を製作販売することで裕福になったのだ。

貴族や大地主は働かないことを美徳としているので、経営や投資だけでなく、本人自らあくせく働く父のような考え方は受け入れられず、金のために自尊心を売ったと揶揄《やゆ》されている。けれども、イブリンは父を尊敬していた。父は家族のためにそうしたのだ。それに、こうした事業は誰でも成功できるわけではない。父には成功する才覚があったし、英国全土を渡り歩いて自ら販売する努力をした。イブリンは父の勇気とそうした才覚を誇りに思っている。

父は大きな机についていたが、目の前の書類から顔を上げて、イブリンに微笑んだ。

「おまえこそ、どうしたんだね？　いつもなら散歩に出かけている時間じゃないか？」

「……そうね。今日は……本でも読もうかと思って」

アリステアは訪問すると言っていたが、本気で言ったかどうか判らない。だから、父にはそのことを言いたくなかった。

もし、彼にからかわれていただけなら、父には知られたくない。

舞踏会で自分の娘がどんな仕打ちを受けているか、父は何も知らない。娘は愛らしく、誰にでも好かれていると、父には思ってもらいたかった。

「そういえば、昨日の舞踏会はどうだったかな？　素敵な男性にダンスに誘われたかい？」

「ええ、お父様」

いつもは嘘《うそ》の作り話をするが、今日だけは本当だ。声に熱がこもっていたせいか、父はにっこり笑った。

「それはよかった。おまえは可愛《かわい》いから、たくさんの男性に好まれるだろうが、くれぐれも金目当ての男にだけは気をつけるんだぞ」

「もちろんよ。わたし、そういうのはすぐ判るんだから」

たくさんの男性を手玉に取っているかのように、イブリンは言った。金目当ての男もそうでない男も、話したことすらないのだから、区別がつくはずがない。どちらも近づいてこないのだ。

「おまえは賢いからな」

父が目を細めて自分を見ている。イブリンは父の愛情を感じて、胸が熱くなる。やはり父のために、ネズミ娘のことは伏せておいてよかった。娘がからかいの対象になっていることを知ったら、父は悲しむだけだ。

だから、どんなに退屈でも、舞踏会には行かなくては。娘は立派に社交界に馴染《なじ》んでいると思われるように。

イブリンは本を選んで、父の仕事の邪魔にならないように書斎を出た。居間のソファに座って、本を広げると、またアリステアの顔が浮かんでくる。イブリンはそんな自分にうんざりした。

彼はきっと来ないわ。

なんとか本に集中することができるようになったとき、執事がやってきて、アリステアの訪問を知らされる。

ドキッとしたが、イブリンはさも彼が来るのが当たり前のような顔をして、執事に指示を出した。

「ここへお通しして。それから、お茶の用意を」

「承知しました、お嬢様」

執事は気取った仕草で礼をすると、居間を出ていった。そして、ほどなくしてアリステアが部屋に入ってくる。

「やあ、イブリン」

彼は相変わらず魅力的だ。昼間の光で見てもそう思う。身体にぴったり合った黒のフロックコートがとても似合っている。これほどまでに格好よく見えるのは、仕立て屋が上手なせいだろうか。それとも、彼の着こなしがいいのか。

なんにしても、彼は艶《つや》のある金髪からピカピカに光る黒の革靴の爪先に至るまで、素敵な青年紳士に見える。中身は嫌な男なのに、どうして外見がそれに比例しないのだろう。つくづく世の中は不公平だ。

イブリンは彼に見蕩れている自分に気づいて、急いで視線を逸らし、咳払《せきばら》いをした。

「どうぞこちらへお座りになって。……あ、父が書斎にいますから、呼んできましょう」

「いや、お父さんではなく君に用事があるんだ。さあ、座って」

イブリンはソファに腰を下ろし、再びまた立ち上がる。若い男女が同じ部屋で二人きりになるのはよくないことだ。けれども、アリステアのことは小さい頃から知っているし、何より彼はイブリンに興味はないだろう。何も危険なことはないと判っているが、社交界のルールではこの場に付き添う誰かが必要だった。

「付き添いを呼んでくるわ」

こういったときのために雇われている付き添いの女性はどこにいるのだろう。舞踏会でも役に立たないが、肝心なときにいないなんて。もっとも、イブリンを訪ねてくる男性など今まで来たこともないから、彼女が好きなように行動していることを、今まで咎《とが》めたことはなかった。

「座りたまえ。私がこれから言うことに、付き添いは必要ないから」

どういうことなの？

意味は判らなかったが、とりあえず腰を下ろした。すると、彼もテーブルを挟んだ向かい側のソファに腰かける。

「あの……どういうこと？　わたし、あなたのことは知っているけれど、そんなに話したこともないし……」

特に社交界にデビューしてからは、あのネズミの話をしたときから昨夜まで、一言も話したことはなかった。それどころか目さえ合わせたこともない。

「そうだね。君のお父さんと私の父とは親しかったが、君と私では年齢も違うから大して話題もなかった」

イブリンは頷《うなず》いた。

物心ついたときには、もう彼のことが好きだった。彼の花嫁になりたいと、子供の頃から熱望していた。そんな愚かな少女時代を思い返し、イブリンはうんざりした。そんな夢を見ていたからこそ、あんなに傷つけられる羽目になったのだ。

「でも、君はもう……十八歳だろう？　社交界にもデビューしたレディーでもある」

イブリンは自分がレディーであるという気持ちはまったくなかった。社交界にデビューしていると意識するのも、舞踏会など社交行事に出席したときだけだ。他は、本を読んだり、散歩をしたり、たまには絵を描いてみたり……といった呑気《のんき》で地味な日常を過ごしている。買い物も好きではないし、誰かとおしゃべりするのが好きというわけでもなかった。

レディーの生活とは少し違う。だが、イブリンは自分の好きなように生きていくほうが、レディーになるよりいいと思っていた。

父はイブリンにレディーになってほしいと願っているようだったが……。

そう。父の望みは、イブリンがレディーになり、良家の男性にプロポーズされることだった。父はイブリンのことを心から愛しているから、将来のことまで気にかけてくれているのだ。しかし、同時にそれは父の名誉を回復するためでもあった。

名家の出身でありながら、金のために売ったとされる自尊心を取り戻すためでもある。

今のままでは、イブリンは到底、父の望みを果たすことができない。アリステア以外の男性からダンスを敬遠されているような状態では無理だろう。そのことについて、罪悪感がある。父に嘘をついていることに対しても。

でも、それは仕方のないことだもの……。

努力しても、どうしようもない。だとしたら、父をガッカリさせないためには嘘をつくしかなかった。もちろん好きで嘘をついているわけではない。

それにしても、イブリンにはアリステアの言いたいことが判らなかった。イブリンが十八歳だから、なんだというのだろう。

「わたしが十八歳でも、あなたは二十九歳なんだから、年の差は変わらないと思うわ」

彼は一瞬目を丸くした。

「私の年齢を知っていたんだ？」

「……たまたまです」

初恋の人なのだから、年齢も誕生日もちゃんと知っている。彼が生まれた日が嵐だったことも、彼が幼児の頃にどんないたずらをしたのかという情報も収集済みだった。

「まあ、その、覚えていてもらって嬉《うれ》しいよ。年の差については……なんとか許容範囲ではないかと思っている。二十九と十八だろう？　二十五と十四、二十と九ではまずいが」

「はあ……」

何が許容範囲だというのだろう。彼は何故だか用件をはっきりと言わない。何か言いにくいことでもあるのだろうか。

「加えて、君は大人しい娘だ。裕福な令嬢にありがちな我儘《わがまま》というわけではなく、父親想《おも》いで、従順だ。変な自己主張もしない」

イブリンはあえて何も言わなかった。

確かに我儘ではないだろう。父親想いだというのも間違っていない。しかし、従順なのは父親に対してだけだ。変かどうかはともかくとして、自己主張は心の中ではいつもしている。表面には出さないだけだ。

彼はわたしのことなど何も判っていない。

けれども、判っていなくて当然だ。最近は話もしていないのだから、イブリンがどんな人間なのか、知りもしないだろう。

とはいえ、イブリンがアリステアの言ったとおりの人間だったとしても、彼になんの関係があるのだろう。

そのとき、メイドがやってきて、紅茶と焼き菓子を置いていった。

イブリンは黙って、彼と自分のために紅茶を注ぐ。その仕草を、彼はじっと見ていた。

「どうぞお召し上がりください」

イブリンは彼の前に紅茶のカップを置いた。

「ありがとう。君もこういう女らしいことができるようになったんだな」

イブリンは一瞬ムッとした。だが、彼は子供のときから成長したと言いたいのだろう。

「それで……まだなんの用事でいらしたか伺ってませんけど」

「ああ、そうだな。こういうことは遠回しに言うより、はっきり言ったほうがいいだろう。実は……」

彼は言葉を切って、イブリンの顔をじっと見つめてきた。

「私の花嫁になってもらえないだろうか」

えっ……。

イブリンはぽかんとして彼の顔を見つめ返した。

今、なんて……？

花嫁になってほしいって言わなかったかしら。

「け、結婚してほしいって言ってるの……？」

震える声で尋ねた。

彼は肩をすくめる。

「他に考えようがないだろう。指輪も用意している。亡き母の指輪だが」

ポケットから取り出された小箱の中には、燦然《さんぜん》と輝くダイヤモンドの指輪が入っていた。彼はそれをイブリンに見せると、テーブルの上に置いた。

わたし、アリステアにプロポーズされているんだわ！

イブリンの心は舞い上がりそうになった。

彼は初恋の人だ。大嫌いと思っていても、好きの部分はまだ残っている。プロポーズは特別だ。イブリンの脳裏に浮かんだのは、子供の頃から抱いてきた王子様のような彼への憧れだった。

プロポーズするほど、彼がわたしを気に入ってくれていたなんて、全然知らなかった……。

ふと、イブリンはこの状況に違和感を覚えた。

プロポーズというものは、もう少しロマンティックなものではないだろうか。彼は二年前にネズミみたいだとひどい言葉をかけて以来、今まで見向きもしなかったイブリンを、突然ダンスに誘った。そして、用事があるからと訪ねてきて、いきなり結婚してほしいと言い出し、指輪をテーブルの上に置いた。

紅茶のポットやカップ、そしてお菓子が載っている皿が置いてあるテーブルの上に。

ロマンティックとはかけ離れている。というより、これが本気のプロポーズだとは、とても思えない。生涯の伴侶になってほしいと言っているのに、まるで商売の取引でもしているようだった。

いや、商売の取引なら、お菓子が載っているテーブルの上に大事な書類を置いたりしないだろう。

あまりにもお手軽なのだ。こんな状況を喜んでいる自分が恥ずかしい。

「まさか本気ではないわよね？」

イブリンが尋ねると、彼は意外そうな顔をした。

「もちろん本気だ。冗談でこんなことは言わない」

「でも……おかしいわ。どうして、わたしを花嫁にしようと思ったの？　あなたはわたしのことなんて、何も知らないのに」

「君のお父さんのことも知っているし、君のことは生まれたときから知っている。君は私に逆らわない従順で貞淑な妻になるだろう。見栄《みえ》っ張《ぱ》りなところも派手に遊び回るようなところもない。良識もあるから、子供も上手く育ててくれる。私は妻にこれ以上のことは望まないよ」

イブリンはしばし絶句した。

彼は独身の貴族として、社交界でとても人気者だ。未婚女性の誰もが彼を射止めたいと思っている。そんな高嶺《たかね》の花《はな》がイブリンに結婚の申し込みをしているが、その理由はあまりにも冷たいものだった。

「君のお父さんにもう承諾をもらっている。後は君次第だと。だが、お父さんは喜んでおられたよ。君が伯爵夫人になると知って、嬉しそうだった」

イブリンは更に愕然《がくぜん》とした。

娘にプロポーズする前に、その父親に求婚の許可をもらうのは普通のことだ。だから、父は仕事に行かず、家にいたのだと思い至った。

でも……。彼の言葉は脅迫じみているわ。

このプロポーズを断るなら、父が悲しむと脅しをかけているように聞こえる。

「ちょっと待って。つまり……あなたはなんらかの理由で急に結婚したいと思うようになって、その相手として、あなたに従うおとなしい妻になるわたしを選んだということなの？」

「それがいけないことかな？　どんな女性も良縁を望んでいるものだ。君だって、結局、裕福で身分の高い男と結婚したいと思っているはずだ」

彼の口調には、女性に対する敬意というものが感じられなかった。女なんてこんなものだという侮《あなど》りが見える。彼はあまりにも女性に囲まれて、ちやほやされていたから、こんな皮肉めいた考えを持つようになったのだろうか。

彼に憧れていた少女の頃、プロポーズされることを夢見ていた。しかし、イブリンが思い描いていたのは、こんな素っ気ないものではなかった。

だって、愛してるって言葉もないし。

もちろん彼はイブリンを愛していない。イブリンのことをちゃんと知っているならば、従順なわけでも、おとなしいわけでもないことが判っているだろう。しかし、彼は表面的なことしか知らないのだ。

もし二年前にプロポーズされていたなら、こんな冷たいことを言われても、喜んで承知しただろう。だが、今もイブリンは社交界のあれこれをずっと見てきて、少し賢くなっている。

イブリンはすーっと息を吸い込み、彼の顔を見据えた。

「申し訳ないけれど、わたしはあなたの従順な妻にはなれそうにありません。他の方を選んで差し上げたら、きっと喜ぶでしょう」

今度はアリステアのほうが目を丸くして、イブリンの顔を見つめてきた。まさか断られるとは思っていなかったのだろう。社交界で人気の伯爵が冴えない娘にプロポーズしたのだ。普通なら断られるはずはない。それどころか、喜んで飛びつくに違いなかった。

でも、わたしは愛されてもいないのに、結婚なんてする気はないわ！

もし彼に愛を告白されたなら……。

一瞬、そんな夢を見てしまった。だが、現実の彼はイブリンにそんな熱い想いを抱いているようには見えなかった。

「……君は……プロポーズを断ると……？」

イブリンは頷いた。心のどこかで、今の返事を取り消せという忠告が聞こえてきた。だが、それは初恋のときの気持ちがまだ残っているからだ。まともなプロポーズもしてくれない男の花嫁になっても、いいことはないと思う。

たぶん惨めな一生が待っていると思うから……。

彼の領地で淋しく子供を育てる妻になるだろう。その間、彼は相変わらずロンドンの社交界で楽しく過ごすのだ。蔑《ないがし》ろにされると判っているのに、そんな結婚をしたいとは思わない。

そうよ。今はダンスを申し込んでくれる男性すらいないけれど、もう少ししたら……。きっと何かが変わるわ。わたしにだって、もっと幸せな結婚を選択する権利くらいあるはずよ！

ロマンティックなプロポーズや結婚生活を夢見ているわりには、今のところイブリンに結婚したいという気持ちはなかった。もちろん、いつかは愛する人と結婚して、子供も欲しい。だが、こんな屈辱的な求婚に飛びつかなくてもいいと思うのだ。

アリステアの目つきは鋭いものになった。プロポーズを断られたことが気に食わないのだろう。

「君のお父さんは……さぞかしがっかりすることだろうね。もう結婚式のことを考えているはずだから」

イブリンの罪悪感を刺激しようとしている。彼はイブリンが父のことを言われると弱いのを知っているらしい。

「父には理由を説明しておきます。心配なさらなくても大丈夫ですよ。父はわたしが嫌がっていることを知れば、無理強《むりじ》いなんてしません」

「嫌がっている？　どうして嫌なんだ？　君がそんなことを言うなんて……」

「信じられませんか？　では、教えてさしあげます。わたし、あなたが思っているほど従順でもないし、おとなしいわけでもないんです。これであなたと結婚できない理由が判るでしょう？」

彼は戸惑うような眼差《まなざ》しを向けてきた。

「だが、君のお父さんはいつも言っていた。言うことをよく聞く、おとなしい娘だと自慢されていたが……」

イブリンはにっこり笑った。

「父にだけはそうなんです。だって、父のことは愛しているから。愛する父のためなら、なんでもするわ！」

母が早くに亡くなり、父はイブリンを溺愛して育ててくれた。イブリンのために再婚もしなかった。仕事が忙しいときでも、イブリンの相手をしてくれ、仕事のために遠出をしなくてはならないときには必ず連れていってくれた。

それだけ愛情を注いでくれた父のためにも、イブリンはこんな不幸になると判っている結婚をするわけにはいかない。たとえ父が、イブリンが貴族の花嫁になることを望んでいたとしても。

アリステアは急に何かを考え込むような表情になった。イブリンの忠告どおり、他の大人しい娘に乗り換えようとしているのだろうか。

イブリンの胸の奥がかすかに痛む。

初恋の夢が遠ざかる。

でも……それは仕方のないことなのよ。

彼はわたしを愛していないんだから。

彼は改めてイブリンと目を合わせた。今度は決然とした表情をしている。

「それなら……君と結婚しなければならない私の気持ちも判ってもらえるかもしれないな」

「わたしと結婚しなければならない……って?」

「私の父のことだ。父は私に、君と結婚するようにと言い残したんだ。必ずそうするようにと」

「おじ様が……!」

彼の父親のことも、イブリンは好きだった。子供の頃からとても優しくしてくれたからだ。

なんでも昔、ナポレオンとの戦いで、父と彼の父親は共に戦ったらしい。彼の父親は次男で、当時、爵位を継ぐはずではなかったため軍隊にいたのだ。少佐で、イブリンの父はその部下だったという。二人はよくその話を好んでしていた。

「でも、どうしておじ様がそんなことを……?」

「君は聞いてないのか？　私は君が生まれたときから言い聞かされていた。私の花嫁はイブリン・カートライトだ、と」

イブリンは当惑した。もう、何がなんだか判らない。突然プロポーズされたかと思うと、今度は父親に結婚するようにと言われたからだと言う。

「それは……どういうことなの？」

「じゃあ、君は知らないんだな。てっきり……。じゃあ、あのとき……」

「え？」

「いや、その話はいい。とにかく君のお父さんには借りがあると、私の父はずっと思っていたんだ。戦場で命を救われたそのときから」

なんだか話が見えてきたような気がする。

イブリンの父は戦場で、上官である彼の父親を庇《かば》い、敵兵に撃たれた。命は助かったが、今も古傷が痛むという。二人はその話を繰り返して語っていたから、よく知っている。

「父は君のお父さんに借りがあると思っていた。金を渡そうとしても、受け取ってくれない。君が生まれたとき、お父さんは冗談交じりに、娘を私の花嫁にしてほしいと言った。父はそれを真に受けて、必ずそうすると名誉にかけて誓ったんだ」

イブリンは彼の父親のことを思い出した。本当の娘みたいに可愛がってくれたが、それは義理の娘になると思っていたからなのだろうか。

「でも、父は本気で言ったんじゃないでしょう？」

父がそんな要求をするような人間ではないことは判っている。家が没落したときも、父はその場しのぎの借金に逃げようとはせず、事業を始め、身を粉にして働いたのだ。

「もちろんだ。君のお父さんは父の誓いを聞いて、慌てて冗談だと言ったそうだ。そういう高潔な人だからこそ、父はますます思った。借りを返すためには、一度誓ったことを実行するしかない、と。だから、私はずっとそう言い聞かされて育った。もちろん私は父の借りなど関係ないと思っていたから、反抗する気持ちのほうが大きかった」

彼は社交界で楽しく遊び回っていた。未亡人や女優などと浮名を流し、舞踏会では必ず美女ばかりと踊っていたことを思い出す。

あれは彼の反抗だったの……？

わたしとなんか結婚したくないという意思表示だったのね。

イブリンは傷ついた。社交界にデビューしたイブリンを見て、ネズミみたいだとつい言ってしまったのは、きっと嫌悪感があったからなのだろう。こんな冴えない娘となんか絶対に結婚などしたくないと思ったからだ。

彼は罪のない悪口のつもりだったと、イブリンは勝手に思っていた。自分の言葉にどんな影響があるか判らず、その場の感想を口にしただけなのだと……。いや、それでも充分にひどいが、現実はさらに過酷だった。

「だが、父は死んだ。私は今までの行動でさんざん父に迷惑をかけた。だから、今こそ、父の名誉をかけた誓いを実行しなければならないと思った」

父親を愛する気持ちは判るだろうと、彼は言いたいわけだ。イブリンの頭は混乱して、くらくらしている。

「喪が明ける前には、君と結婚していたい」

「でも、わたしは……あなたと結婚できないわ。そんな理由で……」

「他に理由が必要だとは思えない。結婚すれば、君は裕福な伯爵夫人になれる。社交界でも力を持つことになるだろう。誰も君を無視できなくなる」

彼はふと何かを思いついたように言葉を切った。

「そういえば……君のお父さんは言っていたな。君は舞踏会では人気者で、たくさんの男が君にダンスを申し込んできて大変なんだと……」

イブリンの顔は真っ赤になった。

父のためについた嘘だが、それが彼の口から出ると、とてつもなく恥ずかしい。昨日、それとは違うことを彼に言ったからだ。自分はダンスを申し込まれたことなど一度もないと。

「ち……父のためよ。わたしがずっと……二年もの間、壁の花でいたなんて父が知ったら……どんなに悲しむかと……」

しどろもどろで説明していると、彼はにんまりと笑った。

「ほう……そうか。なるほど、確かに真実は告げられないな」

嫌な予感がする。イブリンは警戒しながら口を開いた。

「だから、父には何も言わないで」

彼は歌うような調子で尋ねてきた。

「それなら、取引をしなくてはならないな」

「取引ですって？」

「ああ。君は私と結婚する。私は君の秘密をばらさない」

イブリンは眩暈《めまい》がした。

彼はとんでもない交換条件を突きつけてきた。父に惨めな社交生活を知られたくない。けれども、それと引き換えに結婚なんてできない。

「わたし……無理よ……」

「無理じゃない。嫌でもしてもらう。それに、君にはいいことづくめじゃないか。何故嫌がるか判らないな」

イブリンはムッとして思わず言い返した。

「いいことなんてあるかしら？」

「あるさ。まず、秘密は秘密のままになる。君は愛するお父さんに嘘つきだと思われずに済む。それから、愛するお父さんの望みをかなえられる。そして喜んでもらえる。君は伯爵夫人になって、社交界の連中の鼻を明かしてやれる。私は裕福だから、君の将来も安泰だ」

そう言われてみれば、確かにそうだ。悔しいが、彼に愛されていないことを除けば、確かにいいことづくめだ。それに引きかえ、彼のほうは花嫁にしたくなかったイブリンと嫌々ながら結婚しなくてはならないのだ。

そういうわけだから、彼も従順なおとなしい花嫁が欲しいなどと冷たい理由を並べ立てたのだろう。この結婚にいいところがあると思わなければ、彼もやってられないからだろう。

この結婚に関して、被害者は彼のほうなのかもしれない……。

でも、彼に嫌々ながら結婚されるなんて惨めすぎるわ。

「さあ、承諾すると言ってくれ」

イブリンは迷った。どちらの道を選ぶのが正しいのだろう。彼の言い分も判る。脅迫はいただけないが、父親の名誉を守りたいという気持ちは、イブリンにも理解できるものだった。

彼は苛立ったように立ち上がると、イブリンの手を取り、強引に指輪をはめた。

「ちょっと待って……」

「君は私と結婚しなければならない。君が生まれたときから決められた運命なんだと諦めてくれ」

そんな言い方はないだろう。それでは、彼も運命だと諦めているということだ。どうして、もう少しまともなプロポーズができないのだろうか。

せめて花を贈ったり、何度も訪問して、一緒に過ごしたり……。ちゃんと手順を踏んでほしかった。その上でのプロポーズなら、ネズミ発言のことは水に流して、彼を受け入れていただろう。

彼はわたしを騙《だま》すこともしなかった。

いや、やはり騙されるのも嫌だ。愛されていると錯覚させられるより、正直な気持ちを打ち明けられるほうがましなのかもしれない。彼がどんな考えでプロポーズしたのか、間違えようがないくらいはっきりしている。

そのとき、父の声がしたので、イブリンはビクッとした。

「ああ、イブリン……！　結婚を承諾したんだな。おめでとう……二人とも」

父の声に、イブリンは我に返った。今、自分は彼に手を握られ、指輪をはめられている。今まさに婚約が成立したところにしか見えないはずだ。

違うのは、彼が自分の前に跪《ひざまず》いてないことくらいだった。

父は居間の扉のところに立ち、感激した面持ちで涙まで浮かべている。よほど嬉しいようだ。

「お父様、わたし……」

違うと言いたかった。彼と結婚なんてしたくないと。

だが、その前に、アリステアがにこやかに言った。

「ありがとうございます。お嬢さんがプロポーズを受けてくださって、私は幸せ者です」

「イブリンを幸せにしてやってくれ。……イブリン、私はおまえ達が結婚してくれることを、どんなに待ち望んでいたか……。他の男を選ばずに、彼を選んでくれて本当によかった！」

お父様の本音はそうだったのね！

アリステアと結婚しないという選択肢は、事実上もうなかった。父は結婚すると思い込んで、涙を流してまで喜んでいる。それを否定することができるはずがなかった。

イブリンはそっとアリステアを睨んだ。彼はほくそ笑んでいた。

彼だって、これから先のことを考えたら、そんなに笑っていられないと思うのだが。結婚は死に別れない限り、一生続くものだ。離婚する人がいないわけではないが、そんなことをすればスキャンダルになる。そもそも、これは彼の父親の名誉を守るための結婚なのだから、二人がどんなに合わなくても、離婚はあり得ない。

これからどうなるのだろう。イブリンは不安でならない。彼が裏切らない保証など、どこにもないのだ。

それでも、もう後戻りはできない。イブリンはアリステアと共に、それぞれ自分達の父親のために結婚するしかなかった。

イブリンは腹をくくって、なんとか笑みを浮かべた。

「お父様……わたし、幸せよ」

無理やりそう言うと、アリステアは思いもかけないほど優しい笑みを浮かべた。

イブリンはその笑顔に目を奪われる。

何故だか、本当に幸せであるかのような気持ちになっていって……。

彼の本心は絶対に違うのに。

なんて演技が上手いのだろう。きっと浮気していても、平気でこんな顔をして、妻を愛しているふりをするに違いない。

そう思うと、イブリンは複雑だった。

第二章　婚約披露のパーティー

アリステアは書斎で、結婚についてイブリンの父と話し合った後、カートライト家を後にした。イブリンとその父は馬車の前まで送りに出てきてくれたが、イブリンの表情は婚約したばかりの喜びに満ちた表情とはほど遠かった。

無理もない。彼女をさんざん追いつめた挙句、返事をする前に、彼女の父親の前で結婚を承知してくれたと言ってしまったのだから。

彼女の弱みは父親だ。婚約が決まったと誤解して喜ぶ父親を前にして、彼女が否定の言葉を口にするはずがなかった。彼女はそんなやり方を卑怯《ひきょう》だと思ったかもしれないが、アリステアにしてみれば苦肉の策だ。

最初にプロポーズしたときに、承諾してくれればよかったのだが……。

だが、彼女はアリステアが思っていたよりずっと気骨のある娘だったらしい。おとなしいとか従順だとか、まったく見当外れだったとしか思えない。

アリステアは馬車の中で一人ニヤリと笑った。

なかなか面白い。

従順になるのも、おとなしいふりをするのも、愛する父親の前だけで、本当の彼女は違う。自分で言うのもなんだが、アリステアは今の社交界で一、二を争うほど花婿候補として人気が高いのだ。まさかプロポーズされて、はっきり断る娘がいるとは思わなかった。

傲慢だとか不遜だとか言われても、事実は事実だ。イブリン以外の独身女性は誰も断らないだろう。結婚相手を探している若い娘やその親にとって、アリステアくらい条件のいい男はいないはずだ。

貴族であること。裕福であること。年齢もちょうどいいくらいで、容姿もなかなかいい部類に入る。それなのに、イブリンは自分との結婚が嫌だと言う。

正直、父の遺言がなければ、彼女にプロポーズしなかっただろう。そもそも、アリステアはまだ結婚したいとは思っていなかった。伯爵として自分が先祖から受け継いだ領地や屋敷を、子孫に残さなくてはならないから、いずれは結婚しようと考えていた。しかし、相手は父に指名されるのではなく、自分で選びたかったのだ。

アリステアは父とはあまり上手《うま》くいっていなかった。

父は次男で、伯爵家を継ぐはずではなかったが、兄が亡くなったため爵位を継いだ。それと同じようなことが、アリステアにも起こった。

私には三つ違いの兄がいた……。

兄は真面目で賢くて優しかった。アリステアの憧れだったが、両親も兄を誇りにしていた。アリステアは兄にかなわないと思いつつも嫉妬を覚えるくらいに、とにかく兄は愛されていた。しかし、彼は十歳のときに突然の病でこの世を去った。

アリステアは突然、爵位を継ぐ身になったが、両親は急にアリステアにも期待をかけ始めたのだった。兄の身代わりとして求められていることに気づき、アリステアは反抗するようになった。わざといたずらをしたり、勉強をさぼったりした。

私自身を愛してほしかったからだ……。

けれども、弟のマイケルが生まれて、状況が変わった。マイケルは顔が兄に似ているというだけで、兄のように愛されて育つことになる。そして、母が亡くなった。父はますます小さなマイケルを可愛《かわい》がり、アリステアは義務を果たすことばかり要求された。

イブリンが生まれたとき、父はアリステアにこう言った。

『この赤ん坊がおまえの未来の花嫁だよ』

結婚どころか、男女のことに関心もなかったアリステアだったが、幼心にこんなにギャアギャア泣《な》き喚《わめ》く生き物が自分の花嫁になることなど考えられなかった。

やがて、彼女は幼女になり、可愛く見えてきだした。父も彼女を我が子のように愛情を示して、可愛がっていた。だから、自分も少し彼女を構ってみたりもした。そのうちに、彼女が自分の花嫁になるなんて、父の冗談だろうと思い込むようになったのだ。

その思い込みが崩されたのが、アリステアが大学を卒業し、社交界にも顔を出すようになった頃のことだ。

当時、アリステアは美しく若い未亡人に夢中になっていた。彼女と結婚したいとまで思いつめていた。ところが、父はその噂《うわさ》を聞きつけて、アリステアに言った。

『おまえには婚約者がいるじゃないか』

もちろん、それはイブリンのことだった。彼女はまだほんの少女で、子供ならではの愛らしさはあったが、女として見ることは不可能だ。あんな子供とは結婚できないと言うと、父は戦場での話を持ち出した。もし敵兵に撃たれていたら死んでいたかもしれないし、そうなったらおまえも生まれていなかったというのが父の言い分だった。

『私は名誉をかけて誓ったのだから、おまえはあの娘と結婚しなければならないのだ』

そんな義務には従いたくない。けれども、彼女と結婚したら、父も少しは自分を認めてくれるだろうか。同時に、父の要求に反抗したい気持ちもある。アリステアは悩んだ。しかし、その優柔不断な態度が、恋人であった未亡人の怒りを買った。

『お父様のお許しなんかいらないでしょう？　わたしとお父様、どちらが大事なの？』

アリステアは父を尊敬している。いくら反抗的であったとしても、さすがに父の許しもなしに結婚しようとは思わなかった。父を説得しないといけないと説明しようとしても、彼女は聞く耳を持たなかった。それどころか、彼女はアリステアを嫉妬させようとして、他の男とこれ見よがしに戯《たわむ》れた。

そして、その相手からもらった宝石を友人に見せびらかしているのを聞いた。

『彼はわたしのために、こんな物まで買ってくれるのよ』

それを聞いたとき、アリステアの気持ちは冷めたのだった。

同時に、結婚したいという気持ちも失《う》せた。美しい女性と付き合うのは楽しいが、結婚まではするべきではない。ああいう女性達にとって、贈られた宝石の価値が自分の価値なのだ。だとしたら、適当な宝石を贈って、適当に遊べばいいだけだ。

もちろん、今までアリステアは結婚を餌にして、女性を弄《もてあそ》んだことはない。結婚を夢見る若い娘には決して手を出さないようにしている。遊べる相手とだけしか遊ばない。社交界で、今までそんなふうにして、アリステアは生きてきた。

恐らく、父は美女と浮名を流すアリステアを苦々しい思いで見ていたことだろう。

やがて、イブリンがその社交界にデビューした。

アリステアにとって、彼女は脅威だった。夢見るような目つきで自分を見つめてきて、声をかけてくる彼女は、きっと自分と同じように父親に言い含められているのだと思った。

彼が花婿で、婚約をしているも同然なのだ、と。

アリステアはなんとかして彼女の気を削《そ》がねばならないと思った。できれば自分のことは諦めてほしい。その一心で口から出した言葉がとても残酷に響いたことは今も覚えている。年頃の娘をネズミ呼ばわりするなんて、ひどい男だったと思う。いくら着ていたドレスが年輩の女性が着るような地味なもので、ちっとも似合っていなかったとしても。しかも、周りの同じ年頃の娘達がそれを聞いて、クスクス笑っていたのだ。

今もあのことに関しては、罪悪感が込み上げてくる。もっとも、彼女は涙を溜《た》めた目で走り去ったわけではなく、怒りを目にたたえて、キッと睨《にら》みつけてきたのだが。とはいえ、彼女を傷つけたのには間違いない。

ともかく、あれから二度とイブリンは近づいてこなかったから、ほっとしていた。

これで、不本意な結婚を無理強いされずに済むと。

ところが、一年ほど前、父は病気でこの世を去った。そして、死ぬ前に、アリステアにイブリンと必ず結婚すると誓わせたのだ。

父の名誉もかかっているが、自分自身の名誉もかかっている。死にゆく父の前で誓った言葉をなかったことにするわけにはいかなかった。

もちろん父が残した遺言のこともあるが……。

父はアリステアに誓わせただけでなく、イブリンと結婚するようにとわざわざ書き残していたのだ。

けれども、父の遺言がなくても、自分が誓ったことはきちんと履行《りこう》するつもりでいた。だから、喪が明ける直前になって、イブリンの父親と話をつけ、それから彼女の様子を探るために舞踏会にも出席した。彼女は相変わらず不格好なドレスを身につけていたが、子供のように見えた二年前よりはるかに女らしく成長していた。

ワルツを踊ったとき、初めて彼女を間近で見た。緑色の瞳は輝いていて、ただ綺麗《きれい》なだけではなく、知性が感じられた。彼女の白い肌が陶器のように滑らかで、黒髪は艶々《つやつや》として美しいなんて、今まで知らなかった。そして、意外なことに顔立ちは整っていて、可愛らしい。

アリステアは彼女に無関心だったことを後悔した。こんなに美しいと知っていたなら、父が生きていた頃から、彼女との結婚をもう少し真面目に考えていたのに。

だが、遅すぎたわけではない。彼女はまだ誰のものでもないのだ。

アリステアは早速、求婚した。確かに二年前、彼女の気持ちを傷つけたが、自分の花婿としての価値には自信があったので、まさか断られるとは思わなかった。しかし、いずれにしても彼女と結婚しなければならないのだ。

そういえば、花嫁になってほしいと言ったとき、彼女の目が輝いたような気がした。そんな彼女の反応を見て、一瞬、自分もときめいてしまった。これは別に恋愛結婚というわけではないのに。

そう。これは三十年前の借りを返す結婚に過ぎない。

結局のところ、彼女も二人の間にロマンティックなものがないことを理解したようだ。

彼女は結婚を承諾したことにされてしまい、口元は微笑《ほほえ》んでいたものの、目は間違いなく怒っていた。二年前にネズミ呼ばわりしたときと、彼女の反応はあまり変わらない。

長い間、アリステアは彼女の性格を見誤っていたらしい。彼女はおとなしいのではない。必要に応じて猫をかぶることができるというだけだ。

だが、そのほうがいい。

従順な花嫁のほうがいいと言ってみたものの、一生、退屈な女が傍にいるよりも、少し変わった面があるほうが面白いかもしれない。

まずは、あの年寄りくさいドレスではなく、伯爵夫人にふさわしい美しいドレスを用意しよう。彼女の顔立ちは不器量というわけではない。問題はドレスや髪形なのだから。

結婚式には、美しく装った彼女が見たい。

舞踏会でもワルツを踊ったとき、アリステアは彼女を初めて間近で見たのだ。

いつしかアリステアはイブリンと結婚することが、嫌な義務ではないと思うようになっていた。

イブリンは婚約していないと言いたかった。これは自分の意志ではないと。

けれども、事態は動いてしまい、もうどうすることもできなかった。それに、父の気持ちを傷つけたくない。あんなに喜んでいるというのに、どうして水を差すことができるだろう。

結婚式は一ヵ月後に決まった。アリステアの父の喪が明けてからということだ。イブリンは嫌々ながら結婚の支度をすることになったのだが、驚いたことに明日、アリステアがイブリンの新しいドレスを仕立てるために店についていくと言いだした。

イブリンが今持っているドレスは、店で父と叔母が相談して、生地や色、デザインを決めてくれていた。今度は父や叔母ではなく、アリステアに変わるだけのことかもしれないが、男性にドレスを選んでもらうと思うと、なんだか恥ずかしくなってくる。

それに、アリステアは婚約者というより、まだ遠い人のようだし。

そうよ。彼がわたしの婚約者だなんて思えないわ。しかも、一ヵ月後に結婚式を挙げるなんて。

子供のときから知っていても、今の彼はイブリンとは違い世界に生きている人なのだ。舞踏会で何度も彼が美女と踊っているのを見た。女優やオペラ歌手とも噂があった。何かというと、彼の派手な話題で社交界は賑《にぎ》わったものだった。

そんな彼とわたしが結婚？

明日になれば、新聞の社交欄に婚約のことが載るらしい。社交界では、今度はどんな噂になるのだろう。

アリステアがイブリンの持参金が目当てでないことは、誰にでも判《わか》るだろうが、そうなると、イブリンがアリステアを罠にでもかけたということになるのか。

どうせわたし一人が悪く言われるに決まっているに違いないわね。

アリステアと結婚するとなると、多くの女性から嫉妬もされることになる。彼は伯爵夫人になれば、社交界で蔑《ないがし》ろにされることがなくなると言っていたけれど、本当にそうだろうか。イブリンは疑わしいと思っていた。

意地悪な令嬢達のあの性根が叩《たた》き直《なお》されない限り無理よ。

面と向かって言わなくても、陰口を叩くに決まっている。それも、聞こえよがしに言うのだ。

この結婚について、上手くいかない点を、イブリンはいくつも挙げることができた。しかし、それを訴えたところで、アリステアは結婚に猛進するに決まっている。彼は自分と父親の名誉にかけて、必ずイブリンと結婚すると決めているのだから。

それに、やはり父のこともある。イブリンは成り行きに任せるしかなかった。


翌日になり、婚約は公《おおやけ》になった。

父は仕事に出かけたが、昨日に引き続き上機嫌だった。娘によりよい縁談を望んでいた父にとって、アリステアの結婚は一番嬉《うれ》しいものなのだろう。イブリンも父の気分に合わせて喜ぶふりをしていたので、父が出かけた後は疲れてしまった。

午後になり、アリステアがやってきた。

身支度を整えて、階段を下りてくるイブリンを、彼は玄関ホールで待っていた。

「やあ……」

彼はイブリンを上から下まで見た。どうやら、このドレスに言いたいことがあるらしい。自分でもドレスのデザインがとんでもなく地味だということは判っている。しかし、彼は賢明にも何も言わなかった。

彼が思ったままを口にしていたら、きっと喧嘩《けんか》になったことだろう。この紺色のドレスは不格好なだけでなく、変な模様までついている。

彼が意味ありげな笑みを浮かべたので、イブリンはムッとして彼を睨んだ。

「早く出かけましょう。ドレスを注文するのは大変なんだから」

「その前にすることがあるだろう？」

「することって？」

何か忘れていることがあるだろうか。考え込んでいるイブリンの手を取り、恭《うやうや》しくキスをしてきた。

たかが手にキスされただけなのに、イブリンの頬は赤くなってくる。彼の服装は上から下まで完璧なのに、イブリンのほうは冴《さ》えないドレス姿だからだろうか。婚約に至るまでの彼のやり方を思い返すと、彼が初恋の人だったという事実もなかったことにしたいくらいなのに、手にキスされただけで妙に意識してしまう自分が嫌だった。

執事ににこやかに送りだされ、イブリンは彼の馬車に乗り込んだ。

アリステアが連れていってくれた店は、ボンド・ストリートでも一番の高級ドレス店だった。イブリンがいつも行く小さな店とはまったく違い、大きな店で、客も多い。しかし、その店の女主人はアリステアの顔を見ると、すぐに近づいてきた。

「フェアフィールド伯爵、婚約のお話、聞きましたわ！　おめでとうございます！」

彼女はイブリンにもにこにこと笑顔を向けてきた。

「婚約者のミス・カートライトですね。なんて可愛らしい方でしょう！」

そんなふうに言われたのは生まれて初めてのような気がする。もちろんこうした店の女主人が大げさなお世辞を口にすることは知っている。しかし、イブリンの行きつけの店にいる年取った主人はここまで褒めてはくれない。

『よくお似合いですよ。お若いからなんでもお似合いになりますよ』というのが褒め言葉ならば別だが。

イブリンは店に来ていた客からもじろじろと見られた。あれがフェアフィールド伯爵の花嫁だと噂されているようで、居心地が悪い。どうしてあんな女と結婚するのだろうと言われているのが判るからだ。

女主人は二人を店の奥の小部屋に案内した。豪華なソファのセットが置いてあり、特別な客と商談するときにここへ通すのだろう。

アリステアはイブリンの横に並んで腰を下ろすと、女主人に愛想よく言った。

「伯爵夫人にふさわしいドレスを注文したいと思っている。かなりの数になるが……」

「もちろん、伯爵様のお望みどおりのものを仕上げますわ。一ヵ月後にお式だとか？」

「ああ。結婚式のドレスも大事だが、その前に婚約披露のパーティー用のドレスも欲しい」

イブリンはギョッとした。婚約披露のパーティーをするなんて聞いていない。だが、イブリンの横で、どんどん話が進んでいく。

アリステアは女性のドレスに詳しいらしく、あれこれと注文を並べ立てた。女主人はメモを取り、それからデザイン帳を持ってきた。そして、その場でアリステアの好みどおりのドレスを絵に描いていく。

イブリンはその絵を見て、目を瞠《みは》った。

流行のドレスだ。胸元もかなり開いていて、レースやらフリルやらがついている。それは今までイブリンが着ることを許されなかったものだ。

「わたし……こういうドレスは着られないわ」

アリステアは怪訝《けげん》そうな顔でこちらを見た。

「どうしてだ？　嫌いなのか？」

「父が……父が許さないから。年端もいかない若い娘が派手に着飾るのはよくないって……」

彼の目がふっと柔らかく細められた。

「君はもうすぐ結婚するんだよ。もう年端もいかない若い娘ではないんだ。まあ、若い伯爵夫人になるわけだから、気品を残しつつも、若々しいドレスを着るといい。君がいつも着ているようなドレスは年輩の女性のものだ。髪形だって……まるで年寄りだよ、それでは」

引っ詰めて、うなじの辺りで丸めて留めているだけの髪形は初老の叔母と同じものだった。自分でも年寄りくさいと判っているが、これが父が望む格好なのだ。

少なくとも、こうした髪形とドレスなら、浮ついた男は寄ってこないだろう。それどころか、誰一人として男性は近づいてこなかった。アリステア以外は。

「父がなんて言うかしら……」

「君のお父さんには承諾してもらっている。結婚すれば、君は私のものだ。君の着るものはお父さんではなく、私が決める」

イブリンは眉をひそめた。

「あなたが決めるの？　普通……わたし自身が決めるものではないのかしら」

「君に任せておいたら、お父さん好みのものをいつまでも着ているだろう。それはよくない。伯爵夫人にふさわしいものを着なくては」

そうだったのか。イブリンはやっと納得した。彼が店までついてきて、あれこれ指示を出すのは、イブリンの格好が恥ずかしいからなのだろう。

イブリンは傷ついた。だが、自分のドレスが年輩の女性が着るようなものだということは判っている。それに、イブリンだって、本当は普通の若い女性が着るようなドレスを着てみたかったのだ。

「あなたは女性のドレスに詳しいのね」

彼は肩をすくめた。

「君よりはね」

ひょっとしたら、彼は何度もこういった場面を経験しているのではないだろうか。お気に入りの女優などに、ドレスを作ってやったことがあるのかもしれない。だから、この店の女主人は彼の顔を知っていたし、愛想もいいのだ。

イブリンは彼を慕っていた頃の気持ちを捨てたつもりだったが、やはり完全に捨てきってはいなかったようだ。心のどこかが蝕《むしば》まれてしまったみたいに胸の奥が痛む。

女主人がよくない雰囲気を察知したように、素早く二人の会話の間に入ってきた。

「この布地などいかがでしょう。軽い生地ですので、ふんわりとした感じのドレスになります。花弁のように何枚も重ねれば、皆様がうっとりするようなものに仕上がりますよ」

「そうだな。彼女の黒髪に映えるような色は……」

「どんな色でもお似合いになると思いますが、瞳に合わせて、こちらの色は……」

「いいね」

アリステアはイブリンに布の見本を当ててみた。そして、納得したように頷《うなず》く。

「これで婚約披露パーティー用のドレスを作ってくれないか。大急ぎで」

「承知しました。では、まずサイズを測らせていただきまして、仮縫いの日にちをお知らせいたします」

イブリンは女主人の助手に着替えのための小部屋に連れていかれて、ドレスを脱がされた。サイズを測られる間、お世辞をたくさん言われたが、それはイブリンにというわけではなく、未来の伯爵夫人に向けてのものなのだ。

わたしなんか、どうせ何を着たって同じなのに。

ドレスが素晴らしい分、中身が大したことがないのが際立つのではないか。そんな恐怖もあった。

意地悪な令嬢達にネズミ娘と嘲《あざけ》られていた間、自分だって同じようなドレスを着れば、美しく見えるのだと思っていたときもあった。しかし、今のイブリンは美しいドレスに負ける自分の姿しか思い浮かばなかった。

ああ、鏡なんか見たくもないわ！

店を出た後、アリステアは帽子屋や小物を扱っている店へも連れていき、たくさんイブリンのために買い物をした。

しかし、それは本当にイブリンのための買い物なのだろうか。やはりイブリンが伯爵夫人として恥ずかしい姿を晒《さら》すのが嫌だからなのかもしれない。

彼が連れていく店は、すべてイブリンの行きつけの店とは違う高級店ばかりで、余計に惨《みじ》めな気持ちが募っていく。場違いな気がしてくるからだ。

イブリンの父は事業で成功したことで裕福な生活をしていたものの、娘に対しては確固たる信念に基づいて育てた。甘やかさないように。贅沢《ぜいたく》しすぎないように。金銭のことで苦労したからこそ、父は堅実な娘になってほしいと願っていたのだ。

だから、彼がイブリンのために惜しげもなく金を遣うところを見ると、ひどく後ろめたい気持ちにもなってくる。

いいえ。これはわたしのためなんかじゃないんだから……。

彼自身の見栄《みえ》のために遣っているお金だ。

そう思うと、少し楽になった。しかし、彼の選んだドレスを身につけ、彼の選んだ派手な帽子をかぶり、彼の選んだ上品な小物を持った自分を想像して、ふと怯《ひる》んでしまう。

そんなの、わたしじゃないわ！

父が育てた従順な娘は、結婚することで別の人間になるのだ。そう思うと、今更ながら恐ろしくなってくる。

愛されて結婚するならまだいい。愛なんかどこにもない。彼は名誉のために結婚し、自分は罠《わな》にはめられて結婚する。

これから一体どうなるのだろう。彼との幸せな結婚生活なんか想像もできない。やはり頭に浮かぶのは、領地で子供を育て、ロンドンから夫が帰るのを待つだけの姿だ。

でも……彼の子供なら、すごく可愛いんじゃないかしら。

イブリンは子供が好きだ。自分が子供のときから、人形を使って、お母さんごっこをして遊んでいた。丸々と太った赤ん坊や元気に庭を走る回る子供を想像すると、心が和《なご》む。結婚しなければ子供は産めないのだから、強制されたこの結婚にも利点はあるということだ。

帰りの馬車に乗り込むと、ふとアリステアがイブリンの髪に触れてきた。

男性にそんなふうに触れられるのは初めてで、ドキッとする。

帽子をかぶったりしたから乱れたのかしら。

彼がほつれ毛を直してくれているのかと思ったのだが、違っていた。彼は髪をまとめているピンを引き抜こうとしていたのだ。

「やめて。せっかくの髪形が崩れてしまうわ」

「こんな髪形は崩れてしまうほうがいい」

イブリンは髪を押さえようとしたが、彼の手によってピンが引き抜かれていく。

「君の髪がどのくらいの長さなのか見たいんだ」

イブリンの肩に黒髪がはらりと落ちてきた。背中の中ほどまでの長さの髪に、アリステアは手を差し入れ、指で梳《す》く。手にキスされるより、ずっと親密な行為に思えて、胸の鼓動が速くなってきた。

「まるで絹糸に触れているみたいだ。こんなに艶《つや》やかで美しい髪をただ丸めて留めているだけなんて、もったいない」

「でも……」

「君はもうすぐ結婚する。お父さんではなく、私の言うとおりにしてほしい」

イブリンは躊躇《ためら》ったが、結局は彼の言いなりになるしかないのだと判っている。仕方なく頷いた。

それにしても、彼がわたしの髪を美しいと褒めてくれるなんて……。

社交界にデビューしたとき、もしイブリンが他の娘達と同じような格好をしていれば、彼はネズミみたいだとは言わなかったのだろうか。

いや、今更そんなことを考えても仕方ない。あのとき傷つけられたことは消せないし、自分はどうしてもあの仕打ちを許すことができないのだから。

それなのに、どうしてわたしは髪に触れられて、ときめいたりしているのかしら。

彼は髪を一房手に取り、唇を押し当てる。

「まあ……」

イブリンはそう言ったきり、声が出せなかった。彼はイブリンの驚いた顔を見て、微笑んだ。

「たったこれだけで顔を赤らめるのは、君くらいだよ」

揶揄《やゆ》されたような気がして、顔を背けた。だが、彼はイブリンの顎《あご》に手を当て、自分のほうに顔を向ける。目が合い、更に頬が熱くなるのを感じた。

「そういえば……婚約したというのに、君にはキスもしていなかったな」

「え……」

素早く唇を合わせられ、抵抗する暇もなかった。

イブリンは驚きのあまり、身体を強張《こわば》らせる。男性に……しかも唇にキスされたのは初めてだった。触れ合う唇が熱く感じられる。

これが彼の唇の感触……。

彼は唇を重ねただけではなかった。舌で唇をなぞられて、どうしたらいいか判らなくなる。身を引くべきだろうか。しかし、彼の言うとおり婚約もしているのにキスから逃げるのはおかしい気がした。

だって、一ヵ月後には祭壇の前でキスをすることになるわ。

彼の舌が口の中に差し込まれて、イブリンは動揺する。同時に、今まで感じたことのない奇妙な熱を自分の身体に感じた。

何かしら……。

自分の舌に彼の舌が触れている。それどころか絡んできている。イブリンは眩暈《めまい》のような感覚を覚えた。身体の芯が次第に熱くなり、それがキスによって引き起こされたものだと気づかずにはいられなかった。

キスがこんなに気持ちのいいものなんて……。

今まで知らなかった。

陶然としていたが、彼の唇が離れて、はっと我に返る。いつの間にか閉じていた目を開けると、まだ彼はイブリンの顔を間近でじっと見つめていた。

「もう君の家に着いたよ」

そう言われて、イブリンはやっと馬車が停《と》まっていることに気づいた。それが判らないくらいキスに夢中になっていたなんて信じられない。恥ずかしくて頬が真っ赤になった。

アリステアはゆっくりと微笑んだ。

彼が微笑むと、ますますイブリンはドキドキしてきて、視線をさ迷わせる。

「君の仮縫いには付き合えないが、約束した日にはちゃんと店へ行って、婚約披露パーティーには美しい姿を見せてほしい」

婚約披露パーティーは二週間後と聞いている。店の女主人は最優先で仕上げると彼に約束したのだ。

「あ……あなたは……」

「なんだい？」

優しく先を促されて、イブリンは思っていたことを口にできなかった。

彼がまた自分に会いにくるかどうか聞きたかったのだ。しかし、これは恋愛結婚ではないし、普通の結婚ですらない。彼は名誉のために嫌々ながら結婚するのだから、イブリンを訪ねてきて、機嫌を取るようなことをするはずがなかった。

「なんでもないわ……。あの、今日はいろいろありがとう……」

「いや、別に大したことではないよ」

そうだ。彼は自分が恥をかかないようにしたいだけだから。婚約披露パーティーや結婚式で、ネズミみたいなイブリンを見たくないから、せめてドレスを取り換えたいと思っただけなのだ。

それなのに、キスされただけで、それを忘れてしまいそうになるなんて……。

イブリンは自分を戒《いまし》めた。

彼に何かを期待してはいけない。まして、自分に何か魅力を感じていると誤解したり、愛されるようになるかもしれないと空想してもいけない。そんなことをすれば、たちまち現実の厳しさを思い知るだけだ。

彼はイブリンをカートライト邸の玄関まで送ってくれた。そして、すぐに馬車に乗って、去っていった。

イブリンは何故だか一人で取り残されたような気がして、そう感じた自分に戸惑いを覚えた。

無理やり婚約させられたようなものなのに……。

彼にもう少し関心を持ってもらいたいと思っている自分がいる。本当の自分を知ってもらいたいなどと考えている。

部屋に戻ってから、イブリンは拳をギュッと握り込んで、再び自分を戒めた。

握り締めた手を開き、改めて薬指に光る指輪を見つめる。この指輪で、彼はイブリンの一生を縛ったのだ。

ふと髪に触れ、彼に触れられたことを思い出す。そして、唇にも触れてみて、キスをされたことを思い返した。

わたし……彼のことが……。

胸の奥に溢《あふ》れてくる気持ちを、なんとか追いやった。

彼に恋していたのは、ほんの少女の頃だ。今は違う。彼が幻滅させてしまった。今はもうあのときの恋心の残骸しか残っていないはず。

イブリンは揺れ動く心をなんとか鎮めようと努力していた。


婚約披露パーティーの日、イブリンは父と共に彼の屋敷を訪れた。

彼の屋敷はさすが伯爵家と言っていいほど大きかった。歴史を感じさせる古く美しい建物だが、適切に改装もしてあるので、中はそれほど古さを感じない。イブリンが最後にここへ来たのは、彼の父親の葬儀の日だった。

あのときのアリステアは青ざめた顔をしていたが、葬儀に来た客をもてなしていた。普段の彼は人生を謳歌《おうか》しているという雰囲気で、いつも楽しそうにしていた。しかし、あのときだけは悲しみを漂わせていた。

すでに彼を嫌っていたイブリンだったが、父親を亡くした彼を見たら、慰めてあげたい気持ちでいっぱいになった。もっとも、他の女性もそう思っていたらしく、結局、彼は美しい女性に囲まれていて、イブリンは彼にお悔みの言葉をかけただけだった。

その自分が今は彼の花嫁になる……。

なんだか不思議だ。

迎えに出てきたアリステアはイブリンに微笑んだ。

「君のために腕のいい小間使いを用意しておいたよ」

「腕のいいって……なんの腕の話なの？」

「それはすぐに判るよ。さあ、部屋に案内するから着替えるといい」

今夜はイブリンと父はここに泊まることにしている。遠くから彼の親戚も来ていて、ここに泊まることになるので、もてなし役をやってほしいと頼まれたのだ。彼には二人の妹と弟がいるものの、弟は当てにならないし、妹は二人ともスコットランドのほうに住んでいて、今はどちらも身ごもっているためロンドンまで来られないらしい。

イブリンが家政婦に案内された客用寝室に入ると、ちょうど荷物が運び入れられたところだった。家政婦や従僕と入れ替わりに、メイドが現れる。人懐こそうな笑顔のメイドで、一目でイブリンは好感を抱いた。

「旦那さまからお嬢様の小間使いになるように言われてきましたキャリーです。荷解《にほど》きをしてから、お嬢様の着替えのお手伝いをします」

「そうなの。よろしくね、キャリー」

「はい。よろしくお願いします」

キャリーはイブリンと同じくらいの年齢のようだったが、てきぱきと荷解きをしていく。腕のいい小間使いとは、こういう意味だったのだろうか。

やがて荷解きを終えたキャリーは、イブリンの着替えを手伝ってくれた。それから、化粧台の前に座ったイブリンの髪を下ろすと、器用な手つきで髪を編んだりねじったりしながら、ピンを使って美しい髪形を作り上げていく。

アリステアはイブリンの髪形のことが気になっていたから、手先の器用なメイドをイブリンの小間使いに抜擢《ばってき》したのだろう。

「いかがですか？　お嬢様」

キャリーは気に入ってもらえるかどうか心配している。イブリンはにっこり微笑んだ。

「とても素敵な髪になったわ。ありがとう」

事実、鏡の中の自分は別人のようだった。ドレスのおかげもあるだろうが、今夜の自分は少し綺麗だと思える。少なくともネズミには見えない。なんだか自信が湧いてきて、嬉しくなってきた。

婚約披露パーティーに招かれたのは両家の親戚と親しい友人達ばかりだが、やはりアリステアの花嫁はネズミ娘なのだと、誰にも思われたくなかったのだ。

そろそろ客がやってくる時間だ。イブリンはまだこの屋敷に泊まっている彼の親戚にも挨拶をしていない。部屋を出て、一階へ下りていく途中で、階段の下にいるアリステアがこちらをじっと見ているのに気がついた。

なんだか気恥ずかしい。彼とは何度も顔を合わせているが、この格好を見せるのは初めてだからだ。

目を伏せて階段を下りきると、彼が声をかけてきた。

「やっぱり私が言ったとおりだな」

「え……？」

顔を上げると、彼の熱っぽい眼差《まなざ》しで見つめられていることに気がつき、驚いた。

「君はドレスと髪形でこんなに変わるということだよ。やはりこのドレスは素晴らしい出来だし、とてもよく似合っているよ」

褒められて、イブリンは頬を赤らめた。

ドレスや髪形を褒められただけかもしれないが、やはり嬉しくないわけがない。

「ありがとう。なんだか別人みたいで、自分でも戸惑ってしまうわ」

「別人に生まれ変わったと思えばいい。君は私の婚約者で、もうすぐ伯爵夫人になる。今までの自分とは違う人間になるんだ」

本当にそうだろうか。イブリンは疑問に思った。

確かにドレスや髪形を変えただけで、別人のようになった。しかし、自分は自分だ。別人にはなれないし、ドレスと髪形を元に戻せば、地味なイブリンに戻る。これは一時の魔法に過ぎないのだ。

でも、彼に熱い眼差しで見つめられるのは悪くないわ……。

今だけ……今夜だけ、彼が求める美しい女性になった気でいたい。そんなふうに思えてくる。

アリステアはイブリンの肩に手を回した。ドキッとするが、婚約者なのだから、それほど特別なことではない。イブリン自身はとても意識してしまうのだが。

「居間に親戚がいるんだ。君に紹介しておきたい」

「え……ええ」

彼は仲睦《むつ》まじい婚約者を演出しているに過ぎない。それなのに、彼の言動ひとつでイブリンの心は揺さぶられてしまう。しかし、その理由について、あまり深く考えたくなかった。昔葬《ほうむ》ったはずの恋心が復活してきたはずはない。

そう。あるはずないわ。

できることなら、イブリンはアリステアに対して何も感じたくなかった。

婚約披露パーティーは始まり、大広間で客がグラスを片手に歓談している。イブリンはアリステアと共に客に話しかけ、笑顔でもてなした。

中にはイブリンのことを美しいと褒めてくれる客もいた。お世辞かもしれないが、やはり嬉しい。本当に社交界では、ネズミ娘とばかり言われていたからだ。

イブリンは辺りを見回して、傍らのアリステアに話しかけた。

「マイケルの顔を見てないんだけど、やっぱり来てないの？」

マイケルとは、彼の弟のことだ。二十三歳で、彼もまた社交界では充分な浮名を流している。もっとも、彼の場合はもう少し馬鹿げた遊びのほうで有名なのだが。

アリステアはマイケルの名を聞いて、顔をしかめた。

「あいつはいつもフラフラ遊んでばかりだから。実のところ、捜したものの、どこにいるのか判らなかったんだ。連絡のしようもない」

「昔からいい加減だったものね。……あら、ごめんなさい。あなたの弟なのに」

「いや、本当のことだ」

子供の頃、イブリンの関心はかなり年の離れたアリステアにばかり向いていて、マイケルについていい思い出はない。

「わたし、マイケルにはよくいじめられたのよ」

「五歳も違うのにか？　まったく、あいつときたら……」

「子供の頃は泣き虫だったから。面白かったたんでしょうね」

今は大人だが、当時とあまり変わらない印象がある。彼もまたネズミ娘の噂話を知っていて、舞踏会でニヤニヤ笑いながら、わざと近づいてきたことがある。

『踊ってやろうか？　相手なんかいないんだろ？』

確かにイブリンは誰でもいいからダンスをしてみたかった。けれども、そんなあからさまに馬鹿にした態度を取られて、踊りたくなかった。きっぱり断ると、彼は仲間のところに帰っていき、彼らとその場で金の話をしていた。要するに、ネズミ娘と踊れるかどうか賭けていたのだろう。

兄が兄なら、弟も弟だ。彼らは二人して、イブリンを傷つけた。

「あいつは今だって衝動的な遊びばかりしている。もう少し大人にならなければ。自分で自分を傷つけてばかりいるんだ」

イブリンはそっと横にいる彼の顔を見上げた。

彼は弟のことを真剣に考えているらしい。今のままではよくない道に行きそうだと、イブリンも思う。だからといって、誰も彼を止められないのではないだろうか。

破滅する人間は自ら破滅に近づいていくものなのだ。賭け事にはまって抜け出せないとか、酒に溺れるとか、社交界でもそんな例はいくらでもあった。

とはいえ、イブリンはマイケルの義理の姉ということになるので、これからは関係ないでは済まされないだろう。

そういえば、このパーティーにマイケルの仲間は来ていた。アリステアの親戚なのだそうだ。他にも、イブリンにとって会いたくない相手が何人かいる。父の友人の娘や息子、アリステアのほうの知り合いなどだ。イブリンのことを聞こえよがしに嘲笑《あざわら》っていた令嬢や男性で、この婚約パーティーのこともきっとこれから笑い話にするだろう。

ふと、イブリンはアリステアの伯母の顔色が悪いことに気がつき、さっと彼女のほうへ向かった。

「お加減が悪いのでは？　どうぞこちらへ」

家族用の居間に連れていき、ソファに座らせる。気分が悪いのではないかと心配したが、彼女はただ疲れただけだったと言う。メイドは忙しく働いているので、イブリンは自分でキッチンへ行き、お茶の支度をした。

「なんて気の利く娘さんなんでしょうね」

彼女は感激しながらカップに口をつける。

「いいえ。その……わたしは華やかなパーティーの主役を務めるより、裏方のほうが性に合っているんですよ。わたしなんかが伯爵夫人になれるのかしらって思いますけど」

「まあ、こんなに美しい娘さんが何を言っているんですか。あなたはアリステアが選んだ人だし、立派な伯爵夫人になりますとも」

イブリンは彼の親戚の人に励まされて嬉しかった。本心では、そんなことはないと判っているのだが、そう言ってくれたことが嬉しかったのだ。

しばらく話をした後、伯母は一人で大丈夫だと言うので、イブリンはパーティーに戻ることにした。大広間のほうに戻るために書斎の前の廊下を通ったとき、中から人の声が聞こえてくる。

「あのネズミ娘と結婚するなんて、彼女は君にどんな魔法をかけたんだい？」

イブリンはドキッとする。扉が少し開いていたので、中を覗《のぞ》くと、アリステアと数人の友人達が葉巻を吸っていた。

「別に魔法になんかかかってないさ」

アリステアは物憂げに答えた。

「ああ、そうか。君のほうが魔法をかけたんだな！　ネズミ娘を流行のドレスと髪形で変身させてみたわけだ。今日はちょっと優雅な令嬢に見えたぞ」

イブリンは彼の友人にもネズミ娘呼ばわりされたことが悔しかったが、今日は優雅な令嬢に見えたと聞いて、気をよくした。これでドレスと髪形さえ間違えなければ、ネズミ娘とはさよならできるということが判ったからだ。

「だが、アリステア。考えてみろよ。ドレスを脱がせてみれば、ネズミ娘が現れるんだぞ。それでもいいのか？」

一人が笑いながらそう言うと、周りの友人達も一緒になって嘲笑《ちょうしょう》する。イブリンは唇を噛《か》んで、さっと身を翻した。

あんな悪口は何度も聞いてきた。しかし、自分は変身できたと思っていた今は、一番聞きたくない言葉でもあった。

それに……。

アリステアはそれを聞いていた。婚約者の悪口を自分の友人達が言うのを、平然として葉巻をふかしながら聞いていたのだ。

ひどい……！

彼が二年前にネズミみたいだと言ったことを、イブリンはまだ完全には許していなかった。しかし、婚約してからはそんな悪い態度は取らなかったし、変身させてもくれたのだ。だから、半分くらいは許す気になっていたというのに。

涙が滲《にじ》んできて、前が見えなくなりそうになる。

いいえ。泣くものですか！

泣いたりしたら、傷ついたことを認めることになる。晴れの日にあんな残酷なことを冗談交じりに言う彼の友人達や、それを受け流す彼の態度が許せないからこそ、イブリンは傷つきたくなかった。

手袋をした手でさっと涙を拭い、きっと前を見る。そして、堂々たる態度で大広間に戻った。作り笑いを浮かべて、辺りを見回す。たくさんの人の中から愛する父を見つけて、近づいた。

「お父様！　楽しんでらっしゃる？」

「ああ、もちろんだとも。おまえとアリステアの大事なパーティーだからな」

父は機嫌よくワイングラスを掲げた。

「わたし、自分がこんな豪華な婚約披露パーティーの主役になれるなんて思わなかったわ」

「いや、おまえはそれにふさわしい娘だよ。今日のおまえは本当に美しい。母親とそっくりだ」

イブリンは心からの笑みを見せた。母にそっくりだと言われると嬉しい。記憶の中の母はいつだって美しかった。

「幸せになるんだよ。それだけが私の望みだ」

「ありがとう、お父様……」

たとえ幸せになれなかったとしても、父の前では精一杯、演技をしよう。たくさん子供を産めば、それが自分の幸せに繋《つな》がるはずだ。

アリステアが幸せにしてくれるなんて幻想はもう持たないことにする。

そうよ。もう彼なんか信じないわ。

いや、彼は別にイブリンを騙《だま》そうとはしていない。砂糖菓子で包まれたような言葉でプロポーズされたわけではない。彼は仕方なく結婚するのだと判っている。

それでも、わたしに対する敬意を払ってほしかった……。

父から離れて、退屈そうにしている客に話しかけたりしながら大広間の中を歩いていく。そんなとき、意地悪な令嬢が二人で話をしているのに気がついた。どうやら、ここでもイブリンの悪口が囁《ささや》かれているらしい。そっと近づくと、声が聞こえてきた。

「あんな何も取り柄がないような人がフェアフィールド伯爵と結婚するなんて……」

「釣り合わないわよ！　全然！」

「いくら着飾ってみてもネズミはネズミよ。すぐに正体を現すわ。……ひょっとして、もう伯爵様は後悔なさっているかも……」

「婚約破棄されたりして」

「だってネズミと結婚なんてできないものね！」

令嬢達はクスクス笑っている。彼女達の意地の悪さにも呆《あき》れる。婚約披露パーティーに出席しながら、そんな悪口を言えるなんて。

イブリンは傷ついたが、先ほどの書斎での悪口を聞いたときほどではない。所詮、この令嬢達はアリステアの花嫁にはなれないのだ。いくらネズミと言われようと、花嫁はこの自分なのだから。

いつもは悪口を言われ放題のイブリンだが、今日のような日にまで悪口を言われるのは、あまりにも理不尽だ。

さっきの怒りも手伝って、イブリンはわざと咳払《せきばら》いをしてみせた。彼女達はギョッとしてこちらを見て青ざめる。イブリンは彼女達ににっこりと微笑んだ。

「面白いお話をなさっていたようですわね。ネズミがなんですって？」

「いえ……別になんでもありませんわ」

一人がツンとして、しらばくれようとしている。もう一人はおどおどとしている。本人に聞かせるつもりではなかったようだ。

「人の悪口を言うと、美貌が台無しになるって知っていました？　変なところに皺《しわ》ができるんですって。たとえば、こういうところに」

イブリンは自分の眉間を指でさした。二人の令嬢はぱっと自分の眉間を手で隠す。そして、彼女達は何かもごもご言いながら、イブリンの前から去っていった。

彼女達がこれから先、悪口を言わないようになるとは、イブリンも期待していない。だが、二年もの間、言われるままにならなくてもよかったのではないかと、今になって思う。

でも、着飾っていなければ、こんな自信も出てこなかったかもしれないわ。

そういう意味では、やはり大切なのはドレスや髪形で、それを剥《は》ぎ取《と》ればただのネズミ娘なのかもしれなかった。

なんだか疲れたわ……。

イブリンは肩を落とした。悪意を向けられて、平気ではいられない。しかし、それに抵抗するのも大変だった。

「イブリン」

低く滑らかな声が後ろから聞こえてきて、イブリンの腰に腕が回された。もちろんアリステアだ。

上着から葉巻の匂いがしている。咄嗟《とっさ》に怒りが込み上げてきたが、必死で抑えた。立ち聞きしたことを口にしてはいけない。彼のことは許せないが、自分が本当は傷ついていることを知られたくなかった。

「君が伯母を外に連れ出したと聞いたが……」

「お疲れになったのよ。居間に案内して、のんびりお茶を飲んでもらっているわ。ああ、そうだ。お一人では退屈だろうから、もしどなたか他にお疲れの方がいらしたら……」

「ああ、そうだな。私に任せてくれ」

彼はイブリンを引き寄せ、額に優しくキスすると、自分の親戚のほうへ向かった。彼の唇が触れたところが熱くなったような気がして、イブリンは戸惑った。

彼に触れられたり、キスされると、自分が自分でなくなってしまう。

初恋は幻想だったと思っても、まだ完全には忘れきれない。忘れたほうが楽だと判っていても、まだ気持ちは残っている。

彼の友人達の嘲笑はまだ耳から離れないというのに。

イブリンは親戚と話す彼の後ろ姿をじっと見つめていた。


パーティーが終わった後、アリステアは一人、書斎でブランデーを飲みながら、考え事をしていた。堅苦しい上着は脱ぎ、クラヴァットは解いて、その辺に放り投げている。

今日のイブリンは本当に美しかった！

彼女のドレスや髪形を変えれば、ずいぶん違うだろうということはすでに判っていたが、実際に見ると、予想以上だった。そして、彼女が元々持っていた上品な仕草や愛らしい笑顔が際立って見えた。

それは自分だけでなく、パーティーの客もみんなそうだった。

いや、みんなとは言えないな……。

アリステアはここで友人達と話していたときのことを思い出す。

彼らがイブリンをけなすのを聞いて、最初は驚いた。自分の婚約者の悪口を、まさか婚約披露パーティーで聞かされると思わなかった。

しかも、彼女がネズミ娘というあだ名をつけられていたとは……！

自分のせいだ。自分の愚かしさが招いたことなのだ。

彼女がデビュタントとして目の前に現れたとき、結婚を強制されたくないばかりに、ネズミみたいだと言った。あれを聞いた周囲の娘達が笑い声を上げたが、それが原因だったのだろう。独身の男にもそのあだ名は伝わり、そのために彼女は二年もの間、ダンスを申し込まれることすらなかったのだ。

結局、彼女にプロポーズしたことは正しかったということだ。これで彼女に償《つぐな》いができる。どうせこのままでは、上流階級の男と結婚することはなかっただろう。相手が持参金目当てであれば別だが。

ふと、アリステアは彼女が金目当ての男にお世辞を言われて、頬を染めているところを思い浮かべてしまい、自分の想像に苛立《いらだ》った。

いや、彼女はそんな愚か者ではないだろう。少し変わっているとは思うが、かなり聡明《そうめい》だ。今日のパーティーでもきちんともてなし役ができていた。気配りが上手いし、意外なことに話す相手に合わせることもできる。

ひょっとしたら、彼女は妻として実は掘り出し物だったのでは……？

アリステアが求婚したのには明確な理由があり、結婚後のことはそれほど期待していなかった。伯爵夫人として屋敷を取り仕切ったり、舞踏会を開いたりする才能がイブリンにあるとは、正直なところ考えていなかったこともある。

しかし、彼女は本当に伯爵夫人にふさわしいようだった。容姿だけではなく、その中身も。

それなのに……。

アリステアの友人達は、イブリンを美しく見せているのはドレスと髪形だけだと嘲《あざけ》っていた。見る目がないのはかつての自分と同じかもしれない。だが、酒のせいだとしても、自分が婚約者を嘲笑されて、黙っているとでも思ったのだろうか。

彼らが調子に乗って、さんざんイブリンの悪口を言った後、アリステアは彼らを屋敷から叩《たた》き出《だ》した。

あいつらを友人だと思っていた私は愚かだ……！

自分が恥ずかしくて仕方ない。今夜のイブリンはパーティーの途中から元気がなくなっていた。もしかしたら、誰かに何か言われたのかもしれない。彼女と同じ年頃の令嬢も来ていたから、そういう可能性もある。

彼女は何も言わないが……。

ああいう甘やかされた令嬢というのは、残酷なことも平気で口にする。ネズミ娘と呼ばれていることも、イブリンはきっと知っているだろう。当然、そのあだ名の由来がアリステアの失言だと判っているはずだ。

やはり彼女には償いをしなくてはならない。結婚するだけではなく、その後も幸せにしてやらなくては。

パーティーで肩を落とした彼女を見て、アリステアは抱き締めて、慰めてやりたかった。彼女はそんなことを望んではいないだろうが、本当は額ではなく唇にキスをしたかった。

馬車の中でキスをしたとき、彼女の身体が喜びに震えるのを感じた。あのとき、二人の間に何か繋がりができたような気がして……。

女性に対して、今までそんな気持ちになったことがなかったので、アリステアは自分でも驚いた。

彼女がただの恋人などではなく、婚約者だからなのだろうか。父の名誉を守るため、そして父に誓いを立てた自分の名誉を守るために結婚すると決めたものの、アリステアの気持ちは次第に変化していた。

イブリンと結婚するのが待ち遠しい。

そして、彼女への保護欲が芽生えてきた。

彼女を傷つけるものから守りたい。彼女が傷ついていたなら慰めてあげたい。彼女を幸せにしてやりたい。

結婚すると決めたときから、不実な夫にはならないつもりだった。浮気などとんでもない。様々な浮名を流したアリステアだったが、そのルールだけは厳格に守ってきた。未亡人ならいいが、人妻とは付き合ったりしない。家庭を壊すような男はクズだと思っている。どんなに遊んでいても、結婚すれば別だ。

だが、彼女に対する気持ちが変化してきた今、心から誠実な夫になれる気がしている。

アリステアはブランデーを口にした。

今頃、彼女はベッドですやすやと眠っているのだろう。けれども、あと二週間もすれば、二人は同じベッドに入ることになる。そのときになれば、どんなに抱き締めようがキスしようが、誰にも文句を言われることはない。

そのとき、アリステアは外の廊下を歩く足音が近づいてくるのに気がついた。

音もなく扉が開く。

そこに立っていたのは、髪を垂らし、ナイトドレスの上にガウンを着込んだイブリンの姿だった。


イブリンは今夜あったことをいろいろ思い返しているうちに眠れなくなってしまい、何か読む本はないかと書斎に向かった。

扉を開けてみて、イブリンは中に誰かいることに気がついた。

誰かって……アリステアだわ。

イブリンの鼓動は速くなってきた。

こんな夜中にこんな格好でいるときに、二人きりになってしまうなんて……。

いや、何も自分はここにいなければならないわけではない。慌てて踵《きびす》を返した。

「待て」

アリステアが近づいてきて、イブリンは書斎に引き込まれた。扉が閉まり、また二人きりになってしまう。

「あの……わたし、ただ本を探しにきただけで……」

「そうか。せっかく来たんだから、ゆっくり探すといい。君が読むような本があればいいが」

「な、なんでもいいの。眠たくなるような本がいいわ」

彼はイブリンの肩を抱き、書棚の前に連れていく。そして、低い声で囁きかける。

「君の好きなものを選ぶといい」

「……ええ」

そう答えたものの、彼があまりにも近くにいるので、それが気になって本を選ぶどころではなかった。

彼の温《ぬく》もりを感じる。それだけではなく、彼の視線も。

イブリンはなんでもいいから本を選んで、さっさと書斎を出ていこうと思った。だが、本に手をかけたとき、耳元で囁かれた。

「パーティーでのことだが……」

「えっ」

分厚い本が書棚から落ちる。慌ててイブリンはそれを拾うために手を伸ばそうとしたが、その手を彼に押さえられた。

「何をしているの？」

「君に少し話したいことがあったんだが……」

彼はゆっくりと屈《かが》んで、イブリンの落とした本を拾い上げた。イブリンはその本を持って、早く出ていきたいのだが、肝心なものは彼の手の中にある。

どうすればいいの？

婚約者同士なのだから、二人きりでいるところを、誰かに見られても、眉をひそめられる程度で多少は許されるだろう。だから、イブリンが二人きりになりたくないと思っているのは、別の理由からだった。

彼と一緒にいると、自分が自分でなくなるような気がする。初恋を振り切ったつもりなのに、まだあの頃の気持ちに支配されているかのような振る舞いをしてしまう。

動揺したり、頬を染めたり、ドキドキしてきたり……。

そんなふうにはなりたくないのに。

思い出すのよ。パーティーの間、彼がこの書斎にいたときのことを。友人達の嘲《あざ》けりを、彼が黙って聞いていたことを。

怒りが燃え上がり、その瞬間だけはいつもの自分に戻った。

「わたしは話すことなんてないわ！」

本を取り返そうとしたが、彼はそれを上に上げて、イブリンの手が届かないようにした。

「やめて！　どうしてこんな子供じみた真似《まね》をするの？」

「そんなに興奮することはないじゃないか。そんなにこの本が読みたいのか？」

アリステアが呆れたようにその本を見た。表紙には『幽霊伯爵の城』と書いてある。少なくとも、夜中に読みたい本ではない。

「とにかくもう夜も遅いし……」

「すぐに済む。私が聞きたいのは、今夜のパーティーの途中で、君の元気がなくなったことだ。誰かに何か嫌なことを言われたんじゃないか？」

イブリンの脳裏にはまたあの男達の嘲笑が甦《よみがえ》っていた。そして、あのときの怒りも。けれども、彼にはそれを言いたくない。

「それは……少しは言われたわよ。でも、直接にではないわ。わたしがいないと思って、悪口に興《きょう》じていたの」

「どんなふうに言われていたんだ？」

「あなたとは釣り合わないとか。それから、あなたはきっと後悔している、婚約破棄されるんじゃないかって」

「なんてことだ！」

アリステアは本をテーブルに置き、グラスにブランデーを継ぎ足すと、一口ぐいと飲んだ。

「そんなにお酒を飲まなくても……」

「婚約披露パーティーで、そんな失礼なところを言う奴《やつ》なんか放り出せばいいんだ！」

彼はとても憤慨しているようだった。

でも、彼だって、同じようなことを友人に言われて、ただ聞き流していたじゃないの。

イブリンは彼の怒りが演技なのかどうか観察した。わざとらしいところがあるとは思わないが、どうなのだろう。それに、イブリンの前で演技してみせる必要はない。

何しろ、これは強制された結婚で、イブリンにはもう他の選択肢はない。婚約が公《おおやけ》になる前なら、父に謝って取り消すこともできたが、今となっては無理だ。それこそ、社交界には二度と顔を出せなくなるだろう。

婚約破棄というのは、どちらが言い出したとしてもスキャンダルとして取り扱われ、女性にとって一方的な痛手になる。まして、ネズミ娘だのなんだの言われて、嘲笑《あざわら》われていた自分なら尚更《なおさら》だ。一生結婚せずに過ごす覚悟は、さすがになかった。

だって、子供は欲しいもの。

もちろん父を喜ばせたいという気持ちもある。

ふと気がつくと、アリステアはイブリンの顔をじっと眺めていた。

「え？　何？」

「いや……。君はどうしてそんなに冷静でいられるんだろうと考えていたんだ。そこまで侮辱されたのに」

イブリンはあの令嬢達の顔を思い出して、クスッと笑った。

「わたし、人の悪口を言うと、変なところに皺ができるわよって忠告してあげたの。慌てて逃げていったわ」

それを聞いて、アリステアも笑い出した。

「そうか……。でも、やっぱり自分の悪口を聞いたら、嫌な思いもするだろうね」

「それはね。だけど、もういいの。ああいう人達は相手が誰でもいいんじゃないかしら。とにかく、陰口を叩《たた》くのが好きなのよ。それに、ドレスや髪形を整えただけで、評価が違うのは判ったし。あなたが言うとおり外見がすべてなのよね」

もっとも、外見をいくら人並みにしたとしても、イブリンは自分の中身に自信が持てずにいた。ネズミはネズミのままだと彼の友人に言われたことに、まだこだわっている。ただ、その自信のなさを外に出すと、悪口を言われてしまう。

令嬢達に接したように、無理にでも顔を上げて対処すれば、相手は何も言えなくなるものなのだ。少なくとも、イブリンにはこれから伯爵夫人という肩書きができる。それが彼との結婚において、最大のメリットではないだろうか。

「外見がすべて……というわけじゃないさ。私は君の内面のよさというものを評価している」

「内面のよさですって？」

そんなものがあっただろうか。事もあろうに、自分をネズミ呼ばわりしたアリステアが、内面のよさに言及するなんて。

いや、外側が大したことないなら、内面を強調するしかないだろう。

イブリンはムッとして、彼を睨《にら》みつけた。彼はイブリンの強い視線を受けて、戸惑うような表情になった。

「褒めているのに、どうしてそんなに睨むのかな」

「別に睨んでなんかいません。それに、あなたは別にわたしの機嫌を取らなくてもいいのよ」

そうよ。わたしはあなたと結婚するしかないんだから。

イブリンはこれ以上ここで話をしても無駄だと思い、テーブルの上の本に手を伸ばした。しかし、その手をアリステアが自分のほうに引き寄せる。

「何をするの？　わたし、もう寝るわ」

「少しだけ待ってもいいだろう？」

彼はイブリンの身体を抱き寄せた。

彼の身体の温もりを感じてドキッとする。上着を脱いでいるから余計にそう感じてしまうのだ。おまけにクラヴァットはなく、シャツのボタンも上から数個外されているから、肌がずいぶん見えている。

急に自分の身体が熱くなってきた。

これが嫌だったのよ。わたしの身体がこんなふうに彼に反応してしまうことが。

「アリステア……」

「黙って」

彼はイブリンの頰を両手で包み、目を合わせた。ランプのほのかな明かりの中でも、彼の金髪が輝いていることや青い瞳が魅惑的な光を放っているのが判る。

「キスだけだよ。……ほんの少しのキスだけだ」

彼の声は甘く掠《かす》れていて、イブリンの胸に響いた。

唇が重なる。

「ん……っ」

馬車の中でキスされたときも、眩暈《めまい》がするような感覚に襲われた。しかし、今はそれ以上のものを感じる。

それは……ここで二人きりでいるからだわ。

しかも、イブリンはナイトドレスにガウンを着ているだけで、他には何も身につけていない。下着さえもだ。そして、彼の服装もいつもとは違い、乱れている。

彼の唇がイブリンの唇を弄《もてあそ》ぶように、かすかな吐息と共に軽く何度もキスをしてくる。やがて、舌で唇をなぞられると、寒いわけでもないのに何故だかゾクゾクしてきた。まるで、イブリン自身が彼のキスに期待しているみたいに。

そう。もっとキスしてほしいって……。

舌がするりと口の中に入ってきて、イブリンの身体は一瞬震えた。薄い布を通して、彼の体温が伝わり、自分と彼の距離がどんどん縮まってきているような錯覚を覚えた。

彼の舌が自分の舌に絡まってくる。それは優しい愛撫《あいぶ》みたいに思えて、鼓動が速くなってきた。

いつしか彼の手がイブリンの背中に回されていて、優しく撫《な》でている。イブリンは気が遠くなりそうだった。ふたつの身体が溶け合うのではないかと思ってしまう。それくらい、今の二人は密着していた。

唇が離れ、イブリンは耳元で囁かれた。

「君はとても……感じやすいんだな」

彼の言葉が響く。

わたし……感じやすいの？　だから、彼のキスや手の動きにも反応してしまうの？

彼は背中だけではなく、彼はウエスト辺りを撫で、更にその手を上にやった。

イブリンは思わず息を呑《の》んだ。ガウンの上から胸のふくらみに触れられているからだ。丸いふくらみを掌《てのひら》で覆われて、全身がカッと熱くなる。

「やめて……」

声が震えている。初めての体験だ。しかも、下着もつけていないから、彼の手の温もりがそのままふくらみに伝わってきて、イブリンは混乱した。

「震えているね。だが……嫌がっていない」

「そ……そんなことないわ……」

「いや、判るんだ」

彼は断定的にそう言うと、イブリンの胸をゆっくりと撫で始めた。イブリンははっとしたが、動けなかった。抵抗すべきなのは判っている。結婚前にこんな振る舞いを許してはいけない。

でも……。

「身体が……変なの……」

イブリンは何故だか息が切れていた。自分がひどく興奮しているみたいだ。

「それが感じているということだ。君はとても敏感で……悩ましげな吐息を洩《も》らしている」

そんなつもりはなかった。けれども、彼に胸を触られて、普通の状態ではいられない。

そのうちに、彼の指が胸の先端に触れた。掌で撫でられているうちに、その部分が異様に敏感になっている。指で撫でられるのと同時に、身体がビクッと震えた。

「ほら……。こんなに感じてる」

彼の言葉どおり、胸の先端を指で弄《いじ》られると、身体の奥にむず痒《がゆ》いような感覚が生まれた。

「あ…ぁ……」

何か言おうとするが、上手く言葉にならない。喘《あえ》ぐような声しか出てこなかった。

彼はガウンの上から触るだけでは足りなかったのか、ガウンの中に手を差し込んでくる。ナイトドレスの薄い布越しに敏感になっている乳首に触られて、そこに甘い疼《うず》きを感じた。

「や……っ」

両脚の間が何故か熱くなってくる。イブリンは立っていることもできずに、彼にすがりついた。すると、彼はイブリンを抱き上げて、ソファに連れていく。

「何を……しているの？」

彼はイブリンをソファに横たわらせて、ガウンを左右に開いている。イブリンははっとして身を起こそうとしたが、ナイトドレスの上から太腿《ふともも》を撫でられて、身体を強張《こわば》らせた。

「ダメ……」

「判っている。だが、少しだけ君に触れさせてくれ」

アリステアはそう言うと、ナイトドレス越しに身体のあちこちを撫でた。胸が敏感になっているが、それ以外のところに触れられても、イブリンは甘い声を上げてしまった。

わたし……どうなってしまったの？

熱くなった身体を自分ではどうすることもできない。元の自分に戻りたいのに、彼に触れられていると、何も考えられなくなってくる。

気がつくと、彼はナイトドレスの前ボタンをいくつか外していた。乳房が露《あら》わになり、彼はとうとう直《じか》にそこに触れてきた。彼の掌が動くと、柔らかいふくらみが形を変えていく。イブリンは呆然《ぼうぜん》として、それを見ていた。

それどころか、彼はそこに顔を近づけたかと思うと、キスをしてくる。彼の行動はどんどん情熱的になってきて、終わりがない。イブリンもまた彼を止めようともせずに、ただ快感を与えられるままになっていた。

わたし達……どうなるの？

もうやめてほしいと思いながらも、身体はやめてほしくないようだった。更なる快感を貪《むさぼ》りたいのだ。けれども、どうしたら自分が満足できるのかが判らなかった。

熱に浮かされたように、イブリンは首を左右に振った。けれども、身体の芯に巣くっている熱は消えてはいかない。彼の柔らかい唇や舌を胸に感じて、自分がどうしようもないところまで追いつめられてしまったように思った。

彼はナイトドレスの前ボタンをすべて外してしまい、それを広げた。イブリンは彼の前に裸を晒《さら》しているのも同然の姿になり、激しく動揺する。

「わたし……もう戻るわ……」

彼の食い入るような視線に、イブリンは身体を隠そうとした。

「ああ、イブリン。……ダメだ。君の身体を見せてくれ」

「恥ずかしいわ……」

「君の身体に恥ずかしいところなんてない。ほら、こんなに綺麗だ」

アリステアはイブリンの身体を称賛するような目つきで見たが、それだけでは飽き足りず、腹部から腰へと撫でていく。

「あ……っ」

掌で撫でられた部分に、彼の唇は後を追うようにキスをしてくる。太腿を撫でられたとき、イブリンは身体をくねらせ、むせび泣くような声を出した。

「もう……ぁっ……あん」

彼のキスが太腿にも及んでいる。イブリンの顔は羞恥のため真っ赤に染まった。

「お願い……。もうやめて……」

そう言ったのに、彼は聞く気などなさそうだった。それとも、この行為に夢中になっていて、イブリンの声が耳に入らないのか。彼は両脚の間に手を差し込んでくる。柔らかい内腿《うちもも》に彼の手が当たっただけで、イブリンは身体を強張《こわば》らせた。

逃げなくちゃと思うものの、身体が上手く言うことを聞いてくれない。やがて、太腿の間を押し広げられたときには、頭が真っ白になってしまった。

今、何もかも彼の前に晒している。

イブリンはギュッと目を閉じた。生贄《いけにえ》の子羊にでもなった気がする。震えながらなんとか脚を閉じようとするが、彼の手に阻まれてできない。

「いやっ……」

「綺麗だよ。隠すことはない」

「だって……」

「もうすぐ私達は夫婦になるんだから」

結婚したら、こんな恥ずかしいことをするのだろうか。イブリンは夫婦が同じベッドで寝ることは知っているが、その先は何も知らない。

キスをして、後は仲良く一緒に眠るだけだと思っていたのに……。

そうではなかったの？

秘部をそっと指でなぞられて、イブリンは蕩《とろ》けるような快感を覚えた。

「あ……」

「こんなに感じているなんて……。ほら……判るだろう？」

中からとろりと何かが溢《あふ》れ出《だ》すのが自分でも判った。それを彼に間近で見られて、とても淫らな気分になってくる。

「ど、どうにかなっちゃった……みたい」

「そう。それでいいんだ。どうにかなったほうが……気持ちいいだろう？」

彼は秘部の一部分を指でそっと撫でる。途端に、強烈な快感が身体を走り抜け、イブリンはビクンと激しく腰を震わせた。

「な、何……？」

「ココがいい？」

彼は再びそこを撫でる。

「あぁっ……ん……」

信じられないほど敏感になってしまっていて、イブリンは戸惑った。自分の身体の中でそんなところがあるとは想像もしていなかったからだ。

彼は何度もそこを撫で、イブリンはその度に腰を震わせた。もうやめてほしいのに、何故だかやめてほしくない。ここで放り出されたら、きっと自分でその部分に触れてしまいそうだった。

突然、彼はイブリンの両脚をぐいと押し上げて、その狭間《はざま》に顔を埋めていった。

「いやあっ……ぁぁ……！」

同じところを今度は舌で舐《な》められている。イブリンはガクガクと身体を震わせた。

気持ちいい……。でも、死ぬほど恥ずかしい。

イブリンは舐められている部分が熱く痺《しび》れてきたのを感じた。苦しいのに快感は次第にふくらんでくる。身体の芯にある熱がだんだん上昇してきて、やがて炎のように一気に頭の天辺《てっぺん》まで突き抜けていく。

「あぁぁっ……！」

イブリンは呆然とした。

今まで感じたことのない激しい快感に、身体が震える。

わたし……一体どうしてしまったの？

いつしか彼は顔を上げて、イブリンの様子をじっと見つめていた。我を忘れていたイブリンは自分が観察されていることを知り、頬を染める。

「い、今の……」

「よかっただろう？」

彼の声は色っぽく掠れている。イブリンは頷いたものの、身体に力が入らなかった。激しい快感の後にはその余韻が漂っている。イブリンはボンヤリしながら、脚を閉じた。まだ両脚の間には痺れが残っているような気がした。

「……こんなことはしてはいけなかった」

「だって、あなたは夫婦になるからって……」

「そうだ。だが、正式に夫婦になってからのほうがいい。こんな……書斎のソファなんかで君を抱けない……」

イブリンはふと書斎で、彼の友人達に馬鹿にされたことを思い出した。

たちまち熱が冷めていく。ふと彼を見ると、さっきまでの情熱的なところは失《う》せ、よそよそしい態度でイブリンのナイトドレスのボタンを留めている。

わたし、彼にきっとみっともないところを見せてしまったんだわ。

だから……もう嫌になったのよ。

イブリンの目に涙が溜《た》まった。それを見て、アリステアは目を見開く。

「そんなに……嫌だったのか？」

「わ、判らない……。わたし……」

嫌になったのはわたしじゃなくて、あなたのほうなんでしょう？

彼をそっと見上げたが、その瞳には罪悪感みたいなものが見え隠れしていた。

「イブリン……大丈夫だ。深く考えることはないよ。後は……結婚式が終わったら……」

確かにこんな淫らな真似も、結婚してしまえば大したことではないのかもしれない。イブリンにはよく判らなかったが、とにかくそう思い込むことにした。そうでなければ、恥ずかしくてたまらないから。

イブリンは身を起こして、ガウンのボタンを留める。その間、彼はテーブルに近づき、残っていたブランデーを飲み干した。やはりとてもよそよそしく感じる。視線を逸《そ》らして、こちらを見てくれないからだ。

書斎なんかに来なければよかった。

「わたし……もう寝室に戻るわ」

「ああ。部屋まで送らないが、大丈夫だね？」

彼に本を押しつけられて、イブリンは書斎を出た。用が済んだからさっさと追い出されたような気がする。

客用寝室に戻り、イブリンは本をナイトテーブルの上に置くと、ベッドに身を投げ出した。身体にはまだ彼の指や唇、舌の感触が残っている気がする。甘くてだるい余韻もあるのに、彼は冷たく追い返した。

抱き締めてキスされたとき、イブリンはすぐに身体が熱くなった。あんな反応をしてしまうのは、自分が淫らだからだろうか。ただただ恥ずかしいし、後悔している。それによって、彼に嫌がられたのだと思うと、気持ちが重くなっていく。

彼に嫌われたくない。

ひょっとして、自分は、まだ彼のことが好きなのだろうか。だから、嫌われたくないのか。そう。だから、わたしの身体は彼に反応してしまうのかしら。彼はわたしのことなんか、好きでもなんでもないのに。

わたし達……これからどうなるの？

そして、結婚したら、あんな行為は当たり前なのだろうか。同じことをされれば、イブリンは同じように感じてしまうだろう。今夜みたいに、また彼に突き離されたりしたら、どうすればいいか判らない。

これからのことが不安でたまらない。イブリンは涙を零《こぼ》した。

第三章　華やかな結婚式の陰で

アリステアは教会の祭壇の前で、付添人のマイケルと一緒に花嫁を待っていた。

もちろん、イブリンが来ないなんてことはあり得ないのだが、それでもアリステアは不安だった。彼女が土壇場でこの結婚を考え直すのではないかと気にしていたのだ。

二週間ほど前、自分の書斎で、アリステアは彼女に淫らなことをしてしまった。最初はただキスをするだけのつもりだった。しかし、彼女の身体の温《ぬく》もりを感じたときに、それだけでは物足りなくなってしまったのだ。

しかも、彼女はアリステアの愛撫《あいぶ》に応えていたし……。

嫌がられていたら、もちろん絶対やめていたと思う。しかし、彼女は明らかに感じていたし、それを見たら、もっと感じさせたくなってしまったのだ。挙句に、彼女をほぼ裸にしてしまった。

彼女はとても綺麗《きれい》だった。ほっそりしているのに胸は豊かで、肌には吸いつくような感触があった。恐らくずっと触り続けていたとしても飽きないだろう。だが、それだけでなく、彼女の敏感な反応に、心を動かされてしまった。

自分の身に何が起こっているかも判《わか》らないようだった。そんな心細さもあるのに、アリステアの愛撫に身体を震わせていた。そんな彼女が可愛《かわい》らしくて、そしていじらしくてたまらなかった。涙を溜《た》めた瞳で見つめられて、いっそあのまま奪ってしまいたかった。

けれども、なんとかその誘惑には耐えた。やはり結婚式を終えてからのほうがいい。あんなソファなんかで奪うより、柔らかい初夜の床で彼女と身体を重ねたかった。それが花嫁にはふさわしい。

あの夜の翌日に、顔を合わせて以来、何かと忙しくて、彼女と会ってない。だからこそ、結婚前にあんなことをした自分を恐れて、教会に現れないのではないかと不安になってくるのだ。

半《なか》ば嫌々ながらプロポーズしたというのに……。

今はイブリンと結婚したくてたまらない。

彼女こそが自分の人生に必要な女性だったのかもしれない。つい最近までそれには気づかなかったから、彼女と結婚するようにと遺言を残した父には、今更ながら感謝をしたかった。

隣に立つマイケルがアリステアに話しかけてくる。

「父さんの遺言とはいえ、まさか本当に兄さんがあのネズミ娘と結婚するなんて思わなかったなあ。ねえ、兄さん、本音を言えば、あの娘が教会に来ないほうがいいと思ってるんじゃないか？」

マイケルは整った顔に似合わず、下卑《げび》た笑いを洩らした。アリステアは彼を横目で睨《にら》んだ。

「そんなことは考えていない。それに、彼女をネズミ娘などと呼ぶのはやめろ。おまえの義姉《あね》になるんだぞ」

「ぞっとするねえ。義姉《ねえ》さんかあ。でも、兄さんなんだろ？　彼女をネズミ扱いしたのは」

良心がちくりと痛む。自分が言った一言が、こんなに一人歩きすると知っていたら、絶対に言わなかったのに。

「あれは後悔している。言うべきではなかった。それに、今の彼女はネズミなんかではない」

「そうかなあ。なんにしても、兄さんは上手《うま》くやったよ。僕の分の遺産をそんなに横取りしたかったんだ？」

「黙れ。静かにしろ」

晴れの結婚式だというのに、遺産の話などしたくない。それに、弟はちゃんと遺産をもらっている。その金がどこに消えようと知ったことではないが、どうせ碌《ろく》なことに遣ってないだろう。彼の行状を噂《うわさ》で聞くと、たまに頭が痛くなってくることがある。

教会の扉が開く。人々がざわめき、花嫁が姿を現した。

ベールをかぶり、オレンジの花冠をつけて、純白の美しく上品なドレスに身を包んだイブリンが父親と共にバージンロードを楚々《そそ》として歩いてくる。

今の彼女を、誰がネズミ娘などと呼べるものか。

アリステアの胸に感動にも似た気持ちが湧き起こってきた。

イブリン……！

私の花嫁。


イブリンは祭壇の前で父からアリステアへと引き渡された。

司祭の声が響くが、イブリンは自分の横に立つ彼のことしか、もう考えられなかった。

光沢のあるグレーの花婿衣装を身につけた彼は、とても素敵で、こんな男性が本当に自分の夫になるのだろうかと、今更ながら信じられない思いでいっぱいになる。

わたし、もう少しで彼の妻になるのね……。

社交界で人気の独身男性。伯爵で見栄《みば》えもよくて、どんな令嬢とも結婚できるのに、イブリンに求婚してきた。二人の間に恋愛感情はなく、彼に至っては嫌々ながら名誉のために結婚するというのに、イブリンの心は喜びを感じていた。

二週間ほど前のあの婚約披露パーティーで彼の友人に嘲笑《あざわら》われたことは、今も心の傷になっていたし、やはり不安でいっぱいだ。あの夜のことで、彼にますます嫌われたかもしれないと思うからだ。

それでも……。

今、イブリンはこの教会の祭壇の前に立ち、彼の花嫁になれることを嬉《うれ》しく思っていた。結局のところ、彼を嫌いになれないのだ。それに、人間にはいろんな欠点があるものだ。完璧な花婿などどこにもいない。イブリンだって完璧な花嫁には到底なれないのだ。

だから……もういいじゃないの。

結婚するのは決まっているのだから、後は二人で努力すればいい。イブリンは流れに身を任せることにした。

彼もまたそうしてくれればいいのだが……。

イブリンは彼の気持ちがよく判らなかった。この結婚について、本当はどう考えているのだろう。そして、イブリンのことをどう思っているのか。

嫌われてないかしら……。

イブリンはちらりとベール越しに彼を見上げる。彼もまたちょうどこちらにちらっと目を向けていて、一瞬、二人の視線は絡まった。

ドキッとして、イブリンは思わずうつむく。

二人は誓いの言葉を口にした。

これで、二人は神によって永遠に結ばれることになる。

本当に……？

彼が誠実な夫でいてくれると信じていいのだろうか。

イブリンは頭がぼんやりしてくるのを感じた。なんだかこれが現実のこととは思えない。彼にもらった指輪に添うように、金色に輝く指輪がはめられる。ヴィクトリア女王に倣《なら》い、イブリンも彼の指に同じ指輪をはめた。

花嫁にキスをするように司祭に促され、ベールが上げられる。霞《かすみ》がかかったような視界が明るくなり、イブリンは改めてアリステアの顔を見つめた。

彼はとても優しげな瞳をしていて……。

イブリンはドキドキしてきた。

だって、まるで愛されているような気がしてくるから。

それはまやかしだと思いながらも、彼に愛されていたらどんなに嬉しいだろうと思った。

両肩に手が置かれ、唇が重ねられる。

正真正銘、二人は夫婦となった。

披露宴で、イブリンは久しぶりにマイケルと顔を合わせた。

アリステアは社交界で女優などの有名人と浮名を流していたが、マイケルは違った意味で有名だった。二十三歳という年齢のわりに、まだ悪友達と浮かれ騒ぎを繰り返している。イブリンは舞踏会では決して彼らの近くには近づかなかった。彼らのほうも寄ってはこなかったが。

けれども、久しぶりに話をしたマイケルはなかなかユーモアがある。食事会の間でも面白い話をたくさん披露してくれた。イブリンは以前よりは彼のことがそれほど嫌いでなくなってきていた。

とはいえ、本質的には彼とは合わない。イブリンは堅実な性格で、彼は正反対だ。お金があれば、先のことなど気にせずに遣ってしまうらしい。イブリンの父は以前、財政的に苦しんでいたこともあって、カートライト家は裕福ではあるが、あまり贅沢《ぜいたく》はしない。お金をかけるべきところでは惜しまないものの、普段の生活は地味だった。もちろんイブリンも父に影響を受けていた。

食事会の後、ダンスが始まる。まず花婿と花嫁がダンスを始め、付添人同士がダンスをした。それから先はみんなが好きなように踊り始める。

宴も盛り上がってきた頃、イブリンはマイケルにちゃんと礼儀正しくダンスを誘われた。今回は賭けなどしていないようなので。イブリンもそれを受けることにする。

「君が本当はこんなに綺麗だなんて知らなかったなあ」

彼はワルツを踊りながら、イブリンの顔をじろじろと見ていた。

イブリンはクスッと笑う。彼だってさんざんネズミ娘の噂をしていたに違いないのに。

「最近よく言われるけど、中身は全然変わってないわよ。変わったのはドレスと髪形だけ」

「そうだよね。別人になったわけじゃないのに。なんか悔しいなあ。僕に見る目があったなら、君は僕の花嫁になっていたのに」

悪いが、彼からプロポーズされても、イブリンは絶対に受けなかっただろう。それに父も許さなかったに違いない。

マイケルはまだ子供と同じだ。年下のイブリンがそう思うのはおかしいかもしれないが、彼は本当に子供じみた騒ぎを繰り返し、お金を湯水のように遣っている。遺産が入ったからなのか、特にこの一年の騒ぎっぷりはすごかったと聞く。喪に服していなければならない期間だが、彼はお構いなしだった。

だから、彼が誰かにプロポーズするときは、きっと持参金目当てだと思うのだ。アリステアのためにも、早く彼が大人になることを願うしかない。それとも、彼はずっとこうなのだろうか。

こんなふうに話しているときは、茶目っ気《ちゃめっけ》もあって、多少軽いが、それなりに好青年に見える。だからこそ、イブリンは彼にもっと真面目になってほしかった。もっとも、早くも義姉《あね》ぶっているなどと言われそうなので、口には出さない。それに、イブリンが忠告したところで、彼が聞くとも思えなかった。

「あなたはまだ結婚なんて考えてないでしょう？」

「まあね。兄さんだって本当は結婚したくなかったんだ。知ってた？」

「ええ、もちろんよ。わたしにプロポーズした理由だって聞いているわ」

平静を装って、何気ない調子で答えたものの、イブリンの胸はズキンと痛んだ。マイケルも父親がアリステアに言い残したことは知っているに決まっている。けれども、結婚式と披露宴ですっかり花嫁気分になっていたイブリンは、普通の結婚をしたいような気持ちになっていたのだ。

「なんだ、知ってたのかあ。ちょっと意地悪して、教えてやろうかと思っていたのに。ホント、僕はついてないな」

あまりに子供じみた言い方に、イブリンは吹き出した。

「もう意地悪はやめてよ。わたし達、義理の姉弟になるんだから」

「判ったよ。君が僕の義姉さんなんて、変な感じがするけどね」

「そうね。不思議ね」

二人が笑い合っているうちに、音楽は終わった。イブリンは疲れたので、大広間の隅に置いてある椅子に腰かける。そして、今度は別のダンスが始まるのを眺めた。

「ずいぶん楽しそうにしていたな？」

アリステアが横に座って、話しかけてきた。

「マイケルの話は面白いから……」

「確かに話は面白いが、気をつけないと、うっかりトラブルに巻き込まれるぞ」

彼は自分の弟がどういう人間か、よく知っているのだろう。イブリンが忠告するまでもないようだ。

「彼だって、いつまでもあのままじゃないわよ。いずれ、普通の紳士になれるわ」

自分で言っていても、かなり空々しい言葉に聞こえるが、イブリンは彼を元気づけたかった。アリステアは恐らくマイケルに手を焼いているだろうと思ったからだ。

だが、彼はあからさまに嫌な顔をした。

「それは理想論だよ。あいつがそんなに簡単にまともになれるものか！」

語気荒く言われて、イブリンは戸惑った。

「ええ……確かに理想論だけど。でも……」

「君はもう少し賢いと思っていたよ」

彼はどうやらかなり不機嫌なようだ。しかし、イブリンには理由が判らなかった。さっき一緒に踊ったときには、彼も楽しそうにしていたというのに。

何故なの……？

イブリンには見当もつかない。

さっき彼と踊ったときは、そんなことなかったのに。それどころか、彼はまるでイブリンを愛しているみたいに優しげな眼差《まなざ》しでじっと見つめてきた。人前だから芝居をしているのだと思いつつも、嬉しさに頬が赤く染まった。

でも、あれはただの見せかけだったのね……。

やはり本心は違っていたのだ。判っていたことなのに、イブリンは落胆して、顔を強張《こわば》らせた。一生に一度の晴れの日だが、暗い気持ちになってくる。

イブリンはアリステアの不機嫌そうな横顔をちらりと見る。愛し合っているという見せかけをしたいのなら、披露宴の最後までやってほしかった。そんな顔をされたら、また噂をされるだけだ。彼はネズミ娘と結婚していることを後悔しているのだと。

「マイケルのことが嫌いなのね？」

アリステアは鋭い眼差しを向けてきた。

「少なくとも私は好きにはなれない。残念ながら兄弟の縁は切れないが」

それでも、今日のような日には、彼に付き添いを頼んだのだ。婚約披露パーティーのときはどこにいるのか判らないと言っていたが、あれからすぐに見つかったらしい。

「そうね……。縁は切れないわね。結局、彼もあなたを頼りにしている部分もあるんじゃないかしら」

「どうだろうね」

彼は素っ気なく肩をすくめる。

イブリンは困ってしまった。取りつく島もない。彼に笑顔を取り戻させるためには、どうしたらいいだろう。

「あの……わたしともう一度、踊ってくれない？」

おずおずと申し出ると、彼は驚いたような顔をして、こちらを見た。冷たくあしらわれてしまうのかと思ったが、彼は急ににっこり笑った。

「レディーからの頼みは断れないな。いいよ。だが、ワルツをね……」

「ワルツ？　どうして？」

「花婿と花嫁はワルツを踊るものだ」

彼はイブリンの手を取って、指を絡めた。手袋越しではあるものの、そういう仕草には慣れなくてドキッとする。

彼も遅ればせながら、人前で不機嫌な顔を見せないほうがいいと考えたのだろうか。今の彼は花嫁を愛する花婿という役柄を演じているだけなのだろう。

それでも嬉しいわ！　素っ気ない態度を取られるより、ずっと……。

「さっき、君はマイケルと踊っていたとき、楽しそうに笑っていた。私の前では、あんなふうに笑うことはないね」

「あれは……楽しいというより、彼の言うことがおかしかっただけ」

マイケルは以前に比べればずいぶん感じがよくなっていたものの、基本的にはそんなに好きだというわけではない。彼が悪い仲間と手を切り、真面目になれば別だが、心を許せる相手ではなかった。

「そうか……。君とあいつは年が近いから、話が合うのかもしれないな」

彼は少し苦々しげな口調で言った。

まるで嫉妬しているみたいに聞こえる。だが、そんなはずはない。彼にとって、イブリンは仕方なく一緒になった妻で、マイケル同様、厄介だと思っているのかもしれない。

いつか女性として彼に認めてもらえる日は来るのかしら。

自信はないが、結婚生活はこれからなのだ。真面目に一日一日過ごしていけば、少しは二人の距離も縮まっていくだろう。

不意に、彼は立ち上がった。手を握っていたままだったので、イブリンも立ち上がることになる。

「さあ、踊ろうか」

いそいそとイブリンをエスコートしながら大広間の真ん中へ移動するアリステアは、自分と踊りたくてたまらないように見えた。

向かい合う彼の瞳はキラキラと輝いていて……。

これもお芝居なのだろうか。そうは見えないが、イブリンにはもう彼が何を考えているのか、よく判らなくなっていた。

もし彼が本当にわたしをこんな目で見てくれているのなら……。

だとしたら、イブリンも彼に心を許し、もう一度、好きになれるかもしれない。

でも……わたしはもう彼のことが好きなんじゃないの？

だから、彼にキスされたり、身体に触れられたりして、あんなふうに感じたんじゃないの？

結局、イブリンは彼の心どころか自分の心の中もあまり把握できていないのだ。ただ、こんなにも彼の気持ちが気になるのは、彼に好かれたいからだ。嫌いな相手なら、どう思われようが関係ない。

じゃあ、やっぱりわたしの心は……？

ワルツの音楽が奏でられ始める。アリステアは相変わらずダンスが上手い。イブリンは彼のリードのとおりに、くるくる回りながら踊っていく。

彼はいつだって、わたしを翻弄するのだ。

ずっと……。そして、これからも？

イブリンは彼のリードにただ身を任せていた。


夜になり、ほとんどの客は帰っていった。残っているのは、遠方から来たアリステアの親戚くらいだ。マイケルは自分の家があるので、そちらに帰った。

大広間では、もう後片付けが始まっている。賑《にぎ》やかだった祝宴も終わり、イブリンはふと不安になってきた。

わたし、伯爵夫人としてちゃんとやれるのかしら。

母がいないイブリンは、今まで実家の女主人の役目もこなしてきたつもりだが、伯爵家の屋敷を取り仕切るのは大変だろうと思う。

「イブリン……そろそろ上に行こう」

アリステアに手を握られて、ドキッとする。

婚約披露パーティーの夜のことを思い出したからだ。また彼はあんなふうにイブリンを裸にするのだろうか。

そして……。彼はあのときと同じようなことをするの？

唇だけでなく、身体のいろんなところにキスされたとき、あまりにも気持ちよくなりすぎて、我を忘れてしまった。あのときの快感を、イブリンはまだちゃんと覚えている。あんなふうに感じたのは、生まれて初めてで、彼の前だということさえ忘れかけていたくらいだ。

今も思い出しただけで、頬が熱くなってくる。

あんな恥ずかしい真似《まね》、もうしたくないわ。

けれども、初夜でもそういったことをするのだと聞いた。昨日、叔母がしどろもどろになりながら、いろいろ説明してくれたが、正直なところよく判らなかった。首をかしげているイブリンに対し、叔母は最終的にこう言った。

『初夜というのは……要するに夫とベッドを共にすることなの。あなたは恥ずかしいと思うことをされるかもしれない。でも、その際に何をされても、騒がずにじっとされるままになっていることが肝心よ』

騒がずにじっとされるままになっていること……。

書斎での出来事で、イブリンはじっとしていることができなかった。それどころか、変な喘《あえ》ぎ声まで出していた。

ああ、きっとあれはよくないことだったのね。

だから、今夜は本当の初夜なのだから、絶対に歯を食い縛って、声を出さないようにしなくては。この間みたいに乱れてしまったら、ますます嫌われるだけだ。

イブリンは緊張しながら、彼に誘われて、この間とは別の寝室に入った。

四柱式の豪華なベッドを中心とした部屋で、かなり広い。置いてある調度品も立派なものだった。

「ここは……？」

「元は私の寝室だが、これからは私達の寝室になる」

それを聞いただけで、イブリンの身体は震えた。

ここでわたしは裸で横たわることになるのかしら。それから、キスをされて……。

想像しただけで、身体が熱くなってきそうだった。今夜からは乱れまいと思っていても、あのときの快感は忘れられないし、身体に刻み込まれている。

「で、でも……キャリーに頼んで寝支度を……」

肩を抱かれて、イブリンはビクッと震える。反応するまいと思うのだが、彼に触れられると、どうしてもそうなってしまうのだ。

「君の部屋は隣にある。ほら、そこの扉から出入りできるようになっている」

彼が指差したところには、たしかに扉があった。

「君の衣類も向こうにある。贅沢な衣装部屋があって、君の小間使いができたばかりのドレスを並べているから、明日にでも見てみるといい。だが、今夜はここで……」

「あ……」

正面から抱き締められて、イブリンは彼の胸に顔を埋めた。

「あの……」

「君の心臓の音が伝わってくる。緊張しているんだね。心配ないんだよ。優しくするから……」

背中を優しく撫《な》でられると、イブリンはたちまち自分の身体が蕩けてくるのが判った。彼に触れられたい。こうしてドレスの上から撫でられただけでも、そんな想《おも》いが突き上げてくる。

「イブリン……今日の君は本当に美しい花嫁だ……」

そう言われて、はっと顔を上げる。彼の眼差しは熱く燃えるようで、決して嘘《うそ》をついている目ではなかった。

「本当に……？　そう思ってくれたの？」

掠《かす》れる声で尋ねた。

彼が頷《うなず》くと、ネズミみたいだと言われたことも、頭の隅に追いやられる。そんな一言で帳消しにはできないと思っていたのに、たちまち彼を許す気になっていた。

両頬を包まれて、静かに唇を重ねられる。イブリンはそれだけで陶然としてくる。今まで彼の言葉に傷つけられてきたことも、今はどうでもよくなってきた。

だって、今夜は大事な夜で……。

イブリンはそれこそ彼に何をされてもいいような気がしていた。

キスは次第に情熱的なものに変わっていく。イブリンは彼の背中に手を回し、できるだけ自分の身体を彼にくっつけようとした。けれども、自分のふくらんだドレスが邪魔をして、ぴったりとはくっつけない。

もっと……身体全体で彼を感じたい。

イブリンは彼の虜《とりこ》になっていた。

きっと、こんなことを思っているのはわたしだけなんだわ。彼は今までいくらだって相手がいたもの。わたしが結婚相手でなければ、彼だって、こんなふうにキスをしてくれなかったかもしれない。

でも……。

彼と結婚したのは、他の誰でもない。イブリンなのだ。

イブリンは自分に都合の悪いことに耳を貸したくなかった。彼は仕方なく結婚したのだと判っていても、そのことは考えたくない。

今は……幸せな夢に酔っていたい。

だって、その権利はあるでしょう？　わたしは結婚したばかりの花嫁なんだから。

アリステアはそっと唇を離した。彼の瞳は決して冷めていなかった。まだ情熱をたたえていて、イブリンはほっとする。

彼は優しくイブリンの頭を飾っていたオレンジの花冠やベールを外していく。髪が解かれ、頭を締めつけていたものがなくなった。

「ゾクゾクするよ……イブリン。君もだろう？」

彼も同じように感じていたと知り、イブリンは目を丸くする。彼はその表情を見て、クスッと笑った。

「わ、わたし……」

「隠さなくていい。君が敏感なことは判っている」

彼はイブリンの豊かな髪に手を差し入れ、すっと梳《す》いていく。頭を撫でられるより、髪を弄られるほうが心地いい。何度もそれを繰り返されて、うっとりしてくる。

「ああ、イブリン……。そんな顔をされたら……我慢できなくなるよ」

「我慢って……？」

「君が欲しくてたまらなくなるということさ」

彼はイブリンの背中のボタンを外しにかかった。

「こういうことは小間使いが……」

彼は笑って、イブリンの唇にチュッと軽く口づけをした。

「今夜は別だ。今夜だけは……私が君のドレスを脱がせる。いいだろう?」

いいも悪いも、イブリンには発言権はないようだった。それに、イブリンも彼の手が自分のドレスのボタンを外していると思うとドキドキしてきて、今更、キャリーを呼びたいとは思えなくなっていた。

彼はわたしを裸にしようとしている……。

この間の夜みたいに、彼に裸を見られてしまうんだわ。そして……。

これからのことに、イブリンはいつしか期待していた。あのときのように、彼は快感に導いてくれるに違いない。

けれども、イブリンが求めているのは快感だけではなかった。彼に親密な行為をされ、自分が受け入れる。それが二人の強い絆《きずな》になりそうな気がして……。

本当のところを言えば、イブリンにははっきりとは判らない。これがどういう行為で、どういう結果に繋《つな》がるのか。

それでも、彼はわたしを欲しいと言ったわ……。

欲しいという意味も判らない。だが、ひどく求められていることだけは確かだ。

そういう意味では、イブリンも彼が欲しかった。

やがて純白の花嫁衣装のボタンが外され、脱がされてしまった。残るは下着だけだ。彼は優しい手つきで、それらも一枚一枚取り去っていく。もちろん靴も靴下も脱いだ。

残るは薄いシュミーズとドロワーズだけで……。

イブリンは恥ずかしくなってきて、腕で胸を隠そうとした。

「隠すことはないのに」

「だって……」

「君の身体の隅々まですでに堪能している。ほら……」

優しく腕を外されると、シュミーズ越しに胸の先が見える。興奮しているのか、ひどくその部分が突き出していて、それを知られるのが恥ずかしかったのだ。

「おいで」

彼はイブリンを抱き上げると、ベッドに横たわらせた。まだ裸になってはいないが、ほぼ裸なので、ドキドキしてくる。彼はグレーの花婿衣装の上着と同色のベストを取り去り、白いクラヴァットも外す。白いシャツのボタンをいくつか外しただけで、イブリンを抱き締めてきた。

「あ……ん……」

淫らな声を出すまいと思っていたのに、二人を隔てる布の枚数が少なくなった途端、彼のたくましい身体をもっと身近に感じて、喜びが溢《あふ》れてくる。

同時に、彼の温《ぬく》もりも伝わってきた。

この間の夜は、もっと布の枚数が少なかった。そう思うと、すべて脱ぎ去りたい気分になってくる。いっそのこと、彼も脱いでしまえばいいのだ。

もし、二人の肌が直接触れ合ったら……。

想像しただけで、ひどく興奮してくる。脚の間が熱くなってきて、イブリンは思わず腰を揺らした。

まだ何もされていないというのに……。

「ああ、君は……」

彼は呟《つぶや》いたが、その先を言う前に唇を重ねてしまった。

「ん……っ」

彼の舌がイブリンの舌を捉える。優しく絡まる舌にこれからの行為を想像させられ、イブリンは思わず震えた。

わたしと彼……どうなっていくの?

彼がイブリンのことをどう思っているのか判らない。けれども、イブリンは彼に抱き締められ、唇を重ねられると、このままひとつに溶けていきたいと思ってしまうのだ。

わたし……やっぱり彼のことが好きなのかしら。

どんなに嫌いだと思っても、結局のところ想いは彼のところに戻っていく。手を握られてもドキドキしてくるし、ましてこんなふうにキスされると……。

彼の愛撫《あいぶ》に反応するまいと思っていたが、到底、無理だった。それに、イブリン自身、そんな誓いはもうどうでもいいような気もしてくる。

少なくとも、今は……。

めくるめく快感の渦に巻き込まれ、他のことは考えられない。

彼はキスをしながら、イブリンの身体のあちこちに触れてくる。まるで、今まで我慢していたかのような性急な触れ方だったので、イブリンは気持ちが高ぶってくる。

この間とは違う……。

どこが違うのかよく判らないが、彼に心境の変化があったのではないだろうか。この間はもっと自分を抑えている感じがしたのだ。けれども、今はすべてを解き放っているようで……。

イブリンは今の彼のほうが好ましく思えた。

だって、わたしだけが夢中になるのは嫌だから。

彼がこんなに情熱的に接してくれることが嬉しかった。だから、イブリンも真似をして、キスをしながら彼の髪やうなじ、それから肩や背中に触れてみた。

彼は唇を離し、今度は頬や瞼、そして耳朶《じだ》へとキスをしてくる。

ああ、もう……どこにでもキスをして。

彼の好きなようにしてもらいたい。イブリンは彼の愛撫にすっかり酔わされていた。

「こんなものは……邪魔だ！」

彼はイブリンが身につけていたものを全部取り去った。前にも見られているのだが、あのときはまだナイトドレスを羽織った状態だった。だが、今は一糸まとわぬ姿だ。熱い視線を受けて、イブリンはどうしていいか判らず、救いを求めるように彼を見た。

アリステアはイブリンと目が合うと、安心させるように微笑《ほほえ》んだ。

「君を賞賛しているだけなんだ。とても綺麗な身体だと……」

「か、身体が綺麗って……？」

「華奢《きやしや》な身体つきなのに、こんなに胸が豊かなのかと……。しかも、ここはとても引き締まっている」

彼は平らなお腹《なか》を撫でてきた。イブリンは頬を染める。

「だが、やはり心惹《ひ》かれるのは、こちらのほうかな」

両方の胸を優しく下からすくい上げられた。彼の手によって柔らかい乳房が形を変えていく。

自分の胸が男性の手でそんなふうに弄《いじ》られていることが、なんだか不思議な気持ちがしてきた。

わたしの身体はもう彼のものなのかしら。

そう考えてみても、嫌な気分にはならなかった。以前の自分なら、そんな考え方は受け入れられなかったかもしれない。

でも……。

わたしも彼のものになりたい。

突然自分の中に芽生えた考えに、イブリンは戸惑った。

彼を嫌いだと思ったことも、憎みたいと思ったこともある。しかし、今はどんな形であれ自分の夫なのだし、これは自然な感情なのだろう。

そうよ。わたし達は結婚して、夫婦になったんだから。

だとしたら、彼のほうの気持ちにも変化があったかもしれないわ！

イブリンは彼に寄せる気持ちが次第にふくらんでいくのを感じていた。何もかも彼に任せてしまいたい。自分のすべてを彼にあげたかった。

アリステアは豊かな胸に顔を近づけ、そこにもキスをしてきた。唇を滑らせていて、まるで唇で撫でているみたいだった。彼はそんなふうに胸を愛撫していき、やがて乳首を口に含んだ。

「あ……ぁ……っ」

舌で敏感なところを転がされている。胸を刺激されているのに、どうして脚の間が潤んできてしまうのだろう。身体の芯が熱くなってきて、どうしようもなくなってくる。

やがて、彼のキスは下半身のほうへと移動していく。

お腹にキスをされ、そのますっと唇を縦に滑らせられる。そこから太腿《ふともも》にキスをされた。

身体がビクンと揺れた。彼は両脚の間にすっと手を差し入れ、割り広げながら、内腿《うちもも》に唇をつけていく。

この間、書斎でされことが頭に甦《よみがえ》る。

あのとき、彼は……。

イブリンは死ぬほど恥ずかしかったことを思い出した。けれども、今、またあの恥ずかしいことを繰り返したいと思っている。

脚の間を触れられる。指で敏感な花びらを撫でられると、身体に震えがきた。

「ダ……ダメ……」

「ダメなんてことはない。ほら……気持ちいいだろう?」

気持ちよすぎるから困るのだ。この間以上に、乱れてしまいそうな気がする。自分の反応を止めたい。しかし、それは無理だった。止めようとしても止められないのだ。

そして、彼が触れている部分から蜜が溢《あふ》れ出《だ》してきた。彼もそれを判っていて、やっているのだろう。その蜜に塗れたその部分に指をそっと挿入してきた。

「えっ……やぁっ……!」

イブリンは目を見開いた。

自分の内部に指を入れられるとは思わなかったし、信じられなかった。しかし、確かに指の感触がそこにあって、間違いでないことが判る。

「嘘……。そんな……」

早く抜いてほしい。そう思ったが、彼はそれをゆっくり動かすだけで、一向に抜く様子もなかった。

「あの……アリステア……」

イブリンは自分の声が掠れていることに気がついた。上手く声が出ない。

「……なんだ？」

彼は気にせず指を動かしている。イブリンは腰を揺らした。なんだか身体の中がおかしくなってきたようだった。

「やっ……あ……もう……っ」

やめてと言いたいのに、次第に指が内部に擦れていくたびに、気持ちよくなってきてしまう。信じられない……！

どんどん身体が熱くなってくる。これに終わりはないのか。そう思ってしまうほど、イブリンは快感にどっぷり浸《つ》かっていた。

秘部が熱く痺《しび》れてくる。彼はとうとう指を出し入れしながら、特別に敏感な部分に舌を這《は》わせ始めた。

「あぁ……あん……ぁぁっ」

腰がビクビク震え始める。

もう耐えられない。

このままだと、また絶頂へと押し上げられてしまう。そうなりたいという気持ちと、そこまで乱れる自分をもう彼に見せたくない気持ちがせめぎ合う。

だが、イブリンが決断する前に、彼のほうが愛撫をやめてしまう。それどころか、身を起こしてしまった。

そんな……！

イブリンが困惑の眼差しを向けると、彼はシャツのボタンをもどかしげに外し始めた。

彼も脱ぐつもりなんだわ。

そう思うと、身体が更にカッと熱くなってきた。彼の肌と自分の肌を合わせてみたいと思っていたからだ。彼が脱げば、その夢がかなえられる。

彼は素早く服を脱ぎ捨てる。下穿《したば》きも脱いでしまうと、イブリンが見たこともないものが現れた。

思わず息を呑《の》む。

イブリンの視線に気がついた彼は笑みを浮かべた。

「男と女の身体の違いくらい知っているだろう？」

「し、知らないわ……」

いや、正確に言うと、人間のは知らないと言うべきだろう。けれども、イブリンには訂正する余裕もなかった。ただ、彼の股間に釘付《くぎづ》けになっていた。そして、自分がはしたないことをしていることに気づき、視線を逸《そ》らす。

「顔が真っ赤だ」

彼は笑いながら、改めてイブリンに覆《おお》いかぶさってきた。

互いの肌が触れ合っている。彼の温かで滑らかな肌が擦れて、イブリンは恍惚《こうこつ》とした。この感覚を味わいたかったのだ。

おずおずと彼の背中に触れ、掌《てのひら》でそっと撫でた。

なんとも言えない温かな感情が胸に湧き起こってくる。

わたし……彼が好きだわ。

ううん。愛してる。

信じられないことだが、愛してしまっていた。幼い恋は彼の残酷な言葉で砕け散ってしまったが、それから再び話すようになって、新たな愛が芽生えていたのだ。

たぶんもっと前から……。

だけど、認めたくなかった。彼を愛していると認めたら、自分が愛されていないことが惨《みじ》めになってくるからだ。

でも……。

愛することはやめられないんだわ。

こんなふうに胸の奥に溢《あふ》れるものを止めることはできない。

イブリンは自分がどうして彼のキスや愛撫にいちいち過剰に反応しているのかが、ようやく判った。愛している相手に触れられれば、嬉しいに決まっている。

つまり、そういうことだったのだ。

イブリンはショックを受けたが、同時にすんなりその事実を受け入れられた。

わたしはただ淫らなのではなかったんだわ……。

「優しくするからね。……だから……」

彼が何を言っているのか判らなかったが、イブリンは頷いた。彼が何をしようと、構わない。

わたしは彼のものだもの。

形だけでなく、身も心も彼のものだった。

アリステアはイブリンの両脚を押し上げた。抵抗はしないものの、やはりこんな格好は恥ずかしい。目を閉じると、脚の間に何かが当たった。

え……？

思わずまた目を開ける。

彼の股間にあるものが自分の秘部に当たっていることに気がつき、ギョッとする。次の瞬間、イブリンは焼けつくような痛みを秘部に感じた。小さな悲鳴を上げると、彼が囁《ささや》いた。

「すまない。だが……少し我慢してくれ……」

彼のものが自分の内部に挿入されている。

嘘よ……。そんなこと、信じられない。

だが、彼はとうとうすべてをそこに収めきってしまった。

イブリンは呆然《ぼうぜん》としていた。

けれども、叔母が説明していたのはこのことだったのかと、やっと納得がいった。叔母は何をされても、じっと耐えることだと言っていた。

だけど、こんなことをされるなんて思わなかったわ。

結婚した男女は誰でも初夜ではしていることなの？

誰でもこんなに痛みを感じるものなの？

たくさんの疑問が頭に浮かぶ。とはいえ、彼の一部が自分の中にあるのがはっきりと判る。それは事実だった。

「……動くよ」

「えっ」

彼は言ったとおり身体をゆっくりと動かしていく。すると、同じように自分の内部にあるものも動いていった。

彼が指を動かしていたのを思い出す。あれはこの疑似行為だったのだと、今なら判る。引き抜きかけては、また奥のほうまで入っていく。それを繰り返されると、次第にまた身体が熱くなってきた。

「ぁ……あぁ……あん……」

イブリンはこんな喘《あえ》ぎ声を出したくなかった。今まで以上に自分が乱れているのが恥ずかしいからだ。

彼のものを奥まで受け入れて、こんなに感じているなんて……。

興奮している顔を見られるのも恥ずかしい。けれども、感じることは止められない。泣きたくなるほど、イブリンは敏感になっていた。

彼が繋がったまま身体を抱き締めてきて、キスをしてくる。

二人の身体はこれ以上ないくらい密着している。イブリンは喜びに気が遠くなりそうだった。

彼の身体の温もりがすべてイブリンの身体に伝わっている。

身体の一部分も繋がっていて、今、二人は溶け合っているようだった。

秘部は熱く痺れている。次第にその熱が上のほうへとせり上がっていって、やがて大きくふくらんできた。

ああ、もう……ダメ！

我慢なんかできない。

イブリンは彼にしがみついたまま、背中を反らした。途端に、激しい快感が全身を貫いていく。

「あぁぁっ……っ！」

頭が真っ白になるような気がした。気持ちよくて、もう何も考えられない。彼もイブリンの奥まで自分の腰をぐっと押しつけたかと思うと、身体を強張《こわば》らせていた。

内部に何かが放たれたような気がして……。

それがなんなのか判らなかったが、二人が同じような快感を得て、今までにはなかった特別な絆ができたことだけは判った。

アリステアはしばらくイブリンを抱き締めたままだった。彼の速い鼓動も息遣いもそのまま伝わってきて、イブリンは心地よい幸福感の中を漂っていた。

二人はもうひとつなのだと思いながら。

翌朝、イブリンは目が覚めたとき、自分がアリステアと裸で抱き合うように眠っていたことに気がつき、頬を赤らめた。

初夜の儀式は無事に終わり、二人は晴れて夫婦となったのだ。だが、イブリンは誇りに思うよりも、昨夜のことを思い出して、恥ずかしくなってきた。

もちろん、今更だとは思う。

でも……。

彼がどんな愛撫をしてきても反応するまいと決心していたのに、すぐに乱れてしまい、自分の決心のことも忘れ去っていたからだ。

しかし、彼のキスや愛撫には抵抗できなかった。あまりにも気持ちよかった。

アリステアは昨夜の自分をどう思ったことだろう。昨夜は彼もあの行為をすることに集中していたから、なんとも思わなかったかもしれないが、一夜明けた今ではどうか判らない。

ひょっとしたら、結婚したこと自体、後悔しているかも……？

初夜で花嫁があんなに喘いだり、身体を震わせたりしていたから。

イブリンは昨夜やっと自分が彼を愛しているということを認めたばかりだったから、余計に彼に嫌われたくない気持ちが強かった。

すぐにでもベッドを飛び出して、身支度を整えて、昨夜の淫らな女のイメージを崩したかった。だが、そろりと自分の身体に絡みついている腕から逃れようとしたときに、彼がぱちりと目を開けた。

イブリンはドキッとする。

なんて深い青の瞳なのかしら……。

まるでサファイヤのような瞳がイブリンをじっと見つめている。その瞳が細められて、彼は微笑んだ。

「おはよう、伯爵夫人」

「お、おはよう……」

彼の整った顔が目の前にあるだけでドキドキしてくるのに、見つめられたり、微笑まれたりしたら、舞い上がりそうになってくる。

嫌いだと思っていたときでさえ、頬が赤くなっていた。愛していると判った今では、もっと特別な気持ちになってくる。

アリステアはイブリンの頬にそっと触れ、指で優しく撫でていく。

彼は昨夜のことをあまり覚えていないのだろうか。それとも、あんなに乱れたのに、嫌悪の気持ちはないのか。

嫌われていないなら、嬉しいけれど……。

少なくとも、今は後悔している様子はまったくなかった。それどころか、また昨夜の続きをしたがっているような印象も受ける。

「君にキスしたいが、そんなことをしたら起きられなくなりそうだから……」

顔がカッと熱くなる。

「そ、そうね……。起きて、ドレスを着なくちゃ」

「朝食を摂《と》ったら、出かける準備だ。新婚旅行に連れていってあげられないのは残念だな」

「いいのよ。お父様が亡くなって、まだ一年くらいなのに、新婚旅行にまで出かけるのはちょっとよくないわね……」

厳密に言えば、まだ喪中だ。結婚式を挙げるのでさえ早すぎると世間に思われているに違いない。

　それはともかく、アリステアは父親が亡くなった日には領地にいたいと言っている。領地内に墓があるからだ。それに、ロンドンまで出てこられなかった彼の祖母がその屋敷に住んでいるという。そのため、新婚旅行代わりに、彼の領地へ今日旅立つことになっていた。

「フェアフィールド・ホールに行くのは初めてだし、楽しみだわ」

「そうだったかな。とっくに行ったことがあるかと思っていたよ」

　イブリンは顔をしかめた。フェアフィールド・ホールというのは、彼の領地に建つ屋敷のことで、かなり歴史は古く、見た目にもずいぶん古びていると聞く。イブリンはいつか訪ねてみたいと夢見ていたのだが、今まで実現しなかった。

　そう。少女の頃はその屋敷でアリステアがどんなふうに育ったのか想像したいと思っていたのだ。そして、いつかは伯爵夫人になって、自分もたくさんの子供達を育てるのだと。

　そういう意味では、夢はかなったのかもしれない。ただ、こんな片想いの状態で結婚するということは、まったく予想もしていなかった。

「何度か招待されたのに、父の仕事の都合とか、たまたまわたしが熱を出したりとか、そういうことが重なったのよ。古いお屋敷だとは聞いているけど、どんなところなの？」

「古いといっても、外観がそう見えるだけで、きちんと補修をしているし、改装もしている。意外と快適で驚くかもしれないよ」

「わたし、幽霊が出るようなところだと想像していたんだけど……」

イブリンがそう言うと、アリステアは笑い出した。

「幽霊はいるかもしれないよ。歴史がある屋敷だから。着いたら、先祖の肖像画を見せてあげよう。厳《いか》めしい人達ばかりで、ちょっとぞっとするから」

彼はイブリンの鼻をちょこんと指でつついた。彼はとてもいたずらっぽい目をしていて、イブリンも笑った。

目が覚めたときは、彼がよそよそしい態度を取るのではないかと恐れていたが、そんなことは全然なかった。それどころか、二人の間の距離は縮まっているように思える。鼻をつついたときの仕草など、愛情があるかのように見えた。

いいえ。変な期待などしないほうがいいわ。

彼は新婚の妻に優しくしてくれているだけ。これから結婚生活が始まるのだから、最初くらいは当然、優しくしてくれるだろう。先のことは判らないが、そこまで求めても仕方ない。今、こんな態度でいてくれることを幸せに思わなくては。

何しろ、彼は嫌々ながら結婚したのだ。そのことを忘れてはいけない。

「わたし、身支度をしなくては……」

「そうだね。君の部屋に行って、それからキャリーを呼ぶといい」

アリステアはイブリンの部屋に通じる扉を指差した。

「え、でも……。わたし、何も着てないのよ」

イブリンは困った。広い部屋なので、扉に行き着くまでには少し距離がある。裸のまま彼の目の前を歩きたくはない。

「知っているよ」

彼はイブリンの肩の辺りをさっと撫でた。

「それがどうかした？」

「だって……」

もじもじしていると、彼がクスッと笑った。

「恥ずかしいのかい？　君の身体の隅々までもう見ているのに」

「そんな言い方しないで！」

イブリンが彼の肩を軽く叩《たた》くと、彼は明るい笑い声を上げた。

「今になって恥ずかしがるなんて……。じゃあ、目をつぶっていてあげるから、その間に向こうに行くといい」

「本当に？　ちゃんと目を閉じてる？」

「ああ。ほらね」

彼は目を閉じた。イブリンはそろそろとベッドから下りて、両腕で胸を隠した。誰も見てないのに隠すのはおかしいかもしれないが、なんとなく心許《こころもと》ないからだ。床にはウェディングドレスやらの衣類が散らばっていた。

昨夜のことを思い出して、頬が熱くなる。あのときは夢中になっていたからだが、今見ると、脱ぎ捨てられた衣類を見ただけで淫らに思えてきた。

イブリンは身を屈《かが》めて、とりあえず自分のドレスや下着を手早く拾った。いくらなんでもメイドにこれを拾わせるわけにはいかない。このままにしていたら、二人がどんな気持ちでベッドに入ったのか、使用人の噂《うわさ》になってしまうからだ。

イブリンは衣類を胸に抱いて、小走りで扉のところに辿《たど》り着《つ》き、自分の部屋に入る前に振り返った。

「あ……やだ！」

彼は目を開けて、ニヤニヤ笑いながらこちらを見ている。目をつぶっているなんて嘘だったのだ。

「もう！　ひどいわ！」

急いで部屋に入って扉を閉めると、彼の笑い声が聞こえてくる。イブリンは両手で頬を押さえた。恥ずかしくてたまらない。

彼の言うとおり、とっくに隅々まで見られているのだが、やはり朝と夜とでは違う。少なくとも、今は彼のキスに酔わされている状態ではない。

イブリンは衣類をベッドの上に置くと、衣装戸棚を見て、ナイトドレスを引っ張り出して、身につけた。今更だが、アリステアと裸で眠っていたことをキャリーに知られたくない。

それとも、夫婦は裸で一緒に寝るものなの？

夫婦が同じベッドで寝ることは知っている。しかし、それが裸かどうかは知らない。

結婚生活について、知らないことが多すぎる。けれども、これから学んでいけば、自分だって立派な伯爵夫人になれるに違いない。

イブリンは天井から垂れている紐《ひも》を引っ張り、キャリーを呼んだ。

紐は使用人のいるところまで繋がっていて、紐を引っ張ることで鐘が鳴り、どこの部屋から呼ばれているのか判るのだ。

しばらくしてキャリーが紅茶を持ってやってきた。

「おはようございます、奥様」

『奥様』……！

いや、結婚したのだからそう呼ばれることは判っていたが、顔馴染《かおなじ》みのキャリーにそう呼ばれると、違和感がある。

けれども、彼女に身支度を手伝ってもらっているうちに、じわじわと喜びが込み上げてくる。

そうだわ！　わたし、アリステアの妻になったのよ！

幼い頃からの夢をかなえ、伯爵夫人となった。それなら、これからだって、新たな夢をかなえることができるかもしれない。

アリステアに愛されること。

それさえできれば、わたしは幸せになれるわ。

イブリンは化粧台の前に座り、キャリーに髪を整えてもらっている間に、彼のフェアフィールド・ホールで小さな子供達が走り回るところを思い描いた。そして、それをイブリンとアリステアが一緒に笑いながら眺めるのだ。

今朝の彼が優しかったので、少し希望はあるような気がした。諦めてはいけない。今は愛されていなくても、努力して伯爵夫人らしくしていれば、きっと幸せが訪れる。

お父様だって、諦めなかったから裕福になれたんだもの！

イブリンは子供の頃、父が苦労していたのを知っている。母が早くに亡くなり、イブリンは父に連れられ、英国全土を渡り歩いた。父が機械の売り込みに出かける間、宿屋で窓の外を見ながら、子守りと一緒に待っていた。その日のうちに父が帰らないこともあり、そのときは不安でたまらなかったが、辛抱強く待っていると、売り込みに成功した父は満面の笑みを浮かべて帰ってきた。

父は努力して、それが報われたのだ。イブリンも努力は報われると信じたかった。

キャリーは美しい髪形にしてくれて、イブリンはにっこり微笑んだ。少し前までの自分とは大違いだ。今では、父も以前のドレスや髪形であった自分よりずっと綺麗に見えると褒めてくれた。

だから、少しは自信を持っていいはずよね？

イブリンはキャリーにお礼を言うと、立ち上がった。頭の中はアリステアのことばかりで、気分もふわふわしている。

これが彼を愛している証拠なのだろう。

彼の顔が早く見たくて、階段を下り、朝食室に向かう。そこで食事をしている客達のテーブルの主人の席に、彼がいた。

目が合うと、彼はぱっと立ち上がり、イブリンに近づいた。そして、軽くキスをする。

「おはよう、イブリン」

もちろんそんな会話はすでにベッドで交わしているのだが、今朝初めて会ったように挨拶をしてくれた。

「おはよう、アリステア」

彼の青い瞳がきらめいている。思わず見蕩《みと》れそうになるが、他にも人がいることを思い出し、慌ててみんなにも挨拶をした。

彼にエスコートされて席に向かったが、そこは長いテーブルの端である女主人の席だ。テーブルを挟んで、アリステアの席のちょうど真向いになる。少し遠いものの、彼の向かいだと思うと嬉しかった。

イブリンが腰かけた後、彼は自分の席に戻った。

頬が熱くなっている。彼が自分をとても大事に扱ってくれることに感動しているのだ。

ネズミ娘だと呼ばれた過去も、今はなんだか遠い昔のことに思えてくる。婚約披露パーティーで、彼が友人達のひどい悪口を黙って聞いていたことも、そんなに怒るようなことだったかとも思う。

もちろん頭の隅には残っているけれど……。

だけど、過去のことばかりにこだわっていても、いい関係は築けない。彼が優しくしてくれるなら、自分も同じように彼に歩み寄る必要がある。

イブリンは昨日の結婚式から自分が生まれ変わったような気がしていた。

フェアフィールド伯爵夫人という新しい名前もある。

ああ、早く彼の領地へ行きたい。

そこで、新しい人生を始めることに専念しようとイブリンは考えていた。

第四章　思いがけない真実

フェアフィールド・ホールは、噂に違わずずいぶん古い外観だった。とはいえ、その古さは味となっているし、美しいとも言える。歴史を感じさせる大きく古い屋敷を前にして、イブリンは感慨深い気持ちになっていた。

昨日の朝にロンドンを出発して、それから宿屋で一泊した。そして、午後遅くにようやくここへ着いたのだ。疲れもあったが、今はここがこれから自分の屋敷になるのだという感慨にふけっていた。

「じっくり観察したかい？」

横に立つアリステアに話しかけられ、イブリンは我に返った。彼はイブリンの傍に屈むと、いきなり抱き上げた。イブリンは驚いてキャッと小さな悲鳴を上げる。

「な、何っ？」

「花婿は花嫁を抱いて新居の敷居をまたぐものだろう？」

そうすれば花婿が幸せになれるという迷信がある。ロンドンの屋敷では披露宴やら客への接待のことで頭がいっぱいになっていて、すっかり忘れていたみたいだが、彼にしてみればここが本宅だ。この機会を逃すわけにはいかないのだろう。

ふと扉の辺りを見ると、使用人がずらりと並んでいて、主人と新しい女主人を待ち構えている。イブリンはそんな中をアリステアの腕に抱かれながら通ることになった。かなり恥ずかしいが、幸せな家庭のためだから仕方ない。

屋敷の中に入ったところで、アリステアはようやく下ろしてくれた。

初老の執事や家政婦が二人に結婚のことを祝福してくれる。アリステアはイブリンに二人を紹介した。二人は夫婦で、バクスターとバクスター夫人だ。アリステアの父親の代から、ずっとここで働いているのだろう。

「よろしくね。このお屋敷のことはまだ何も判《わか》らないから、バクスター夫人にいろいろ教えていただきたいわ」

そう挨拶すると、彼女は相好を崩した。

「もちろんですとも！　奥様、わたしでよければなんでもお教えしますよ！」

よかった。厳しそうな人じゃなくて。

イブリンはほっとした。伯爵家の領地で働く家政婦はこの大きな屋敷を切り盛りしているのだから、もっと怖そうな人ではないかと恐れていたのだ。

他の使用人にも挨拶していくうちに、広い階段に辿り着く。そこは絨毯《じゅうたん》が敷いてあって、まっすぐ上に伸び、踊り場から左右に分かれている。玄関ホールから大広間にかけて吹き抜けになっていて、見上げると、天井には天使が描かれていた。

「すごいわ……！」

「中はもっとすごい。だが、まずは旅の疲れを癒《いや》そう。バクスター夫人、部屋までお茶を持ってきてくれ」

「かしこまりました、旦那様」

イブリンはアリステアに肩を抱かれて、階段を上った。

「広すぎてなんだか迷子になりそうね」

「迷子にならないように、私がしっかり案内してあげよう」

踊り場にも大きな絵がかけられている。彼が言うとおり、この建物の外観は古いものの、しっかり補修や改修がされているようで、すべてが綺麗《きれい》に整えられていた。

二階の廊下を進み、その突き当りの重厚な扉を開く。すると、そこは主寝室だった。

ロンドンでの主寝室も広かったし、豪華だと思っていたが、これに比べれば大したことがなかったようだ。天井が高く、四柱式のベッドの天蓋《てんがい》もずいぶん上のほうにある。だが、家具や調度品も上品なものばかりで、落ち着いた雰囲気だった。

「素敵な寝室ね……。わたしの部屋はあるの？」

「こっちだ」

ロンドンの屋敷と同じで、主寝室とイブリンの私室は繋《つな》がっている。一応、ここにもベッドはあったが、主寝室のものより小さい。ソファとテーブル、それから書き物机や化粧台などがある。

扉があったので、何気なく開くと、そこは衣装部屋だった。ロンドンでたくさんドレスを作って、こちらに持ってきたものの、こんな広い衣装部屋に入れるには数が少ないかもしれない。

「後でキャリーが荷解《にほど》きしてくれるだろう。邪魔にならないように、私達はしばらく休んでいよう」

主寝室に戻り、二人はゆったりとしたソファに並んで腰かけた。この屋敷についてアリステアから話を聞いていると、やがてメイドが紅茶と焼き菓子を持ってくる。

「おいしい……！」

イブリンは甘いものは大好きなので、喜んで焼き菓子を食べる。そうして、温かい紅茶を飲んでいるうちに、眠くなってきてしまう。

気がつくと、イブリンはアリステアの肩に寄りかかって寝ていた。物音にはっとして目が覚める。

「大丈夫。こっちにも衣装部屋があって、私の側仕えが荷解きしているだけだ」

イブリンが眠っていた間に、彼の荷物はこちらに運ばれてきたらしい。ということは、イブリンの荷物も、キャリーが荷解きしているのだろう。

「わたし、そんなに疲れてないつもりだったけど……」

「でも、疲れていたんだね。まだ寝ていていいんだよ」

「もういいわ……。ただ馬車に乗っていただけなのに、どうしてこんなに疲れるのかしら」

イブリンは斜めになっていた身体を起こした。辺りはもう暗く、ランプの灯りがついている。

一体どれだけ眠っていたのだろう。

その間、彼はずっとわたしに肩を貸してくれていたの？　わたしを起こさないように？

「ごめんなさい。あなただって疲れているのに……」

「別に構わない。それに、私だってうとうとしていたんだから。どうせなら、一緒にベッドでうたた寝すればよかったかな」

彼はきらきら光る目でイブリンをからかう。一緒にベッドに入ったら、うたた寝どころではなくなるだろう。それはイブリンにも想像がついていた。

「さあ、そろそろ荷解きも終わった頃だろう。着替えて、祖母に会いにいこう」

「そうだったわ！　お祖母《ばあ》様に初めて会うのに、わたしったら、呑気《のんき》にうたた寝なんかしてしまって……」

「祖母は一見厳しそうに見えるが、心を許すととても優しいんだ。私の花嫁を取って食うような真似《まね》はしないよ」

「でも、なるべくお祖母様に嫌われないようにしたいわ」

できれば好かれたい。アリステアに愛されていないのだから、せめて彼の祖母に好かれて、自分の味方を増やしたい。

味方なんて……まるで周りは敵ばかりみたいじゃないの。

アリステアは敵ではないし、バクスター夫人も優しそうだった。きっとここで暮らすうちに馴染《なじ》んでいくと思うのだが、大きな屋敷や大勢の使用人に慣れるのは大変そうだった。アリステアが傍にいてくれればいいが、いつまで自分に興味を示したままでいてくれるかも判らない。

悲観的な考え方だろうか。彼のいい妻でありたいし、伯爵夫人としてするべきことについても一生懸命やりたいとは思っているが、それだけで愛されるとは限らない。そもそも、頑張っているから愛されるというものではないだろう。

それでも、頑張る以外に方法はないのだが。

ともあれ、彼の祖母に好かれるのも、彼に愛されるための第一歩だ。

イブリンは自分の部屋に戻って、キャリーに着替えを手伝ってもらった。

衣装部屋の大きな鏡を見て、にっこり笑う。やはりドレスと髪形は大事だ。それだけで、あのネズミ時代とは違うという自信が溢《あふ》れてくる。

これなら、少しくらい彼に愛されるかしら。

イブリンは上機嫌で主寝室に戻った。彼はソファに座り、書類に目を通していたが、イブリンを見ると微笑《ほほえ》んだ。

「綺麗だな……」

蕩《とろ》けるような笑みを向けられ、頬が染まる。

しかし、綺麗という褒め言葉にはまだ慣れることはできない。彼の友人が書斎で言っていたように、ドレスを脱げば、元のネズミ娘に戻るような気がしてならないからだ。

もっとも、今のところドレスを脱いだら、彼は貪《むさぼ》るようにキスをしてきて、綺麗かどうかはあまり関係ないようだった。

彼は立ち上がって、イブリンの手を取り、自分の腕にかけた。

「さあ、祖母に会いにいこう」

「ええ……」

彼の祖母はどんな人なのだろう。果たして気に入ってもらえるだろうか。イブリンはドキドキしながら、彼と共に寝室を出た。


ここがお祖母様のお部屋なのね……。

アリステアがその部屋をノックすると、しわがれた声が中から聞こえてきた。

「お入り」

彼が扉を開く。中は明るい色調の内装が施された部屋で、ランプの灯りに照らされている今は穏やかで温かい雰囲気があった。イブリンはなんだかほっとしたが、ソファに座って刺繍《ししゅう》をしている厳《いか》めしい顔の老女を見て、顔が強張《こわば》った。

何故《なぜ》なら、彼女の目はイブリンを睨《にら》みつけていたからだ。

わたし……まだ何も言ってないのに。

部屋に入っただけで、睨まれるなんて……。

アリステアはそれに気づいているのかどうか判らないが、イブリンの背中に手を当て、祖母の前に立った。

「お祖母《ばあ》さん、彼女が私の妻、イブリンです」

彼に紹介されて、イブリンは彼の祖母に挨拶する。

「お祖母様、初めまして。お会いできて嬉《うれ》しいです」

なんとか微笑んだものの、彼女の目の鋭さは変わらない。

「悪いけれど、あなたに『お祖母様』などと呼ばれたくはありませんよ」

「お祖母さん！　イブリンに優しくしてやってください」

彼の祖母は、今度はアリステアのほうをじろりと睨んだ。

「わたしがあれほど反対したのに、どうしてこの娘と結婚してしまったの？」

イブリンはショックを受けた。彼の祖母はこの結婚に反対だったのだ。

それは……わたしの父が商売人のようなことをしていたから？　身分が違うと言いたいのか

しら。

少なくとも彼女と会ったのは初めてなのだから、イブリンの容姿のことやネズミ娘というあだ名とは関係ないはずだ。

「そりゃあ、おまえの父親がそうしてほしいと望んだのは知っています。だけど、どうしておまえがそんな結婚をしなくちゃならないの？　愛してもいない娘と……」

イブリンの胸はズキンと痛んだ。

愛していない娘……。確かにそうだ。アリステアもそれは否定しない。

アリステアはうんざりとした口調で言った。

「お祖母さん……もう結婚してしまったんだから、私達を祝福してくださいよ」

「祝福なんてできないわ。おまえだってあんなに嫌がっていたじゃありませんか。わたしはおまえがそんな不幸な結婚をしなくてはならなかったかと思うと、不憫《ふびん》でたまらなくて……」

イブリンは彼の祖母の言葉に、何度も心が引き裂かれるような痛みを味わった。

そんなに彼はわたしと結婚するのを嫌がっていたんだわ……。

不幸な結婚とまで言われたら、彼に尽くして、彼を幸せにしてあげようと思っていたイブリンは、希望を取り上げられた気がして、しょぼんと肩を落とした。彼の祖母に気に入られようとしていたが、最初からそれは無理だったのだ。

アリステアはイブリンを気遣うように、肩に手を回してきた。

「それは……以前はそうでした。でも、ほら……彼女を見てください。少し前まで子供みたいでしたが、今はこんなに美しくなって……。私はもうこれが不幸な結婚だとは思っていません」

彼の祖母はイブリンに目を向けたが、渋い顔をしている。

「確かにもうネズミみたいな娘ではないようだわ」

彼は祖母にイブリンのことをネズミのような娘だと言っていたのだ。何度もショックを受けたため、イブリンはうつろな目つきになってしまった。

「でもね……そんな結婚は最初から間違っているんですよ。今はいいかもしれないけど、先のことを考えたら……。結局、この結婚は遺産のためなんですから」

「お祖母さん！」

アリステアは鋭い声で遮《さえぎ》った。

イブリンははっと顔を上げた。今、彼の祖母はなんと言っただろう。彼にとって、彼女は今何かまずいことを口にしたのだ。

「遺産……って？」

イブリンは傍らのアリステアを見上げた。彼は唇を引き結んでいる。

確か彼の父親はイブリンと結婚するようにと遺言を残したのだと聞いた。けれども、遺産のためだとは聞いていない。

「どういうこと？　遺産のために、わたしと結婚したの？」

「いや、そんなことはないさ」

彼はごまかそうとしている。イブリンは彼の祖母のほうに顔を向けた。

「教えてください。彼のお父様はどんな遺言を残したんですか？」

彼女の祖母は訝《いぶか》るような目つきで、イブリンを見つめた。

「あなたは知っているはずよ。アリステアは父親が死んで一年以内にあなたと結婚しなければ、領地や屋敷以外に相続するはずのものを、すべてマイケルに奪われてしまうということを」

イブリンは愕然《がくぜん》とした。

遺言の正確な内容はそうだったのだ。アリステアはそこまでは言わなかった。それどころか、父の名誉を守るためだと言っていた。そして、父に誓った自分の名誉を守るためだと。

そのプロポーズの言葉を聞いたときもがっかりしたが、本当は遺産のためだと聞いて、根底からすべて覆《くつがえ》されたような気がした。

「お金のためだったの……？　お父様の名誉のためじゃなくて？」

アリステアの顔は強張《こわば》っていた。

「いや、そうじゃない」

「じゃあ、お祖母様のおっしゃったことは嘘《うそ》なの？」

「嘘ではない。確かに遺言には遺産のことが書いてあった。だが、私は遺産をマイケルにやるのが惜しくて、結婚を決めたわけではない」

「でも……あなたは何も言ってくれなかったわ。つまり、それは隠していたということよね？」

やはり、どうしても騙《だま》されていたという思いが強くなってくる。彼はそうではないと言ったところで、実際、遺産のことは遺言書に書かれていたのだ。

それに……。

彼はお父様が亡くなってから一年以内に結婚したわ。

普通、喪中に舞踏会に出席しないし、まして結婚などしないものだ。それを強行したのは、遺産のためだとしか思えない。

彼の祖母が突然、呻《うめ》くような声で割って入ってきた。

「ああ、わたしは余計なことを言ってしまったようね。てっきり、そのお嬢さんはすべてを知った上で、便宜的な結婚をしたのかと……。伯爵夫人になれるなら、多少のことは目をつぶるものでしょう？」

イブリンはますます落ち込んだ。

初対面の彼女に、どうしてそこまで悪く思われなければならないのだろう。孫が可愛《かわい》いから、矛先がイブリンに向いているだけなのだろうか。それにしても、つらくてたまらない。

「イブリン……。このことは二人で話し合おう。お祖母様、もうすぐ夕食の時間ですから、また会いましょう」

アリステアはイブリンの肘に手を添えて、部屋の外に出た。主寝室に戻るなり、イブリンはすぐに彼の手を振り払った。

「そんな真似はしないでくれ。礼儀は大切だ」

「判っているわ……。でも、あなたはどうなの？　わたしに対する礼儀はどうなの？　どうして、遺産のことを隠していたの？」

「それは……金目当てのように解釈されるのが嫌だったからさ」

彼は苦々しげに言った。

「だいたい、君には父のために結婚すると言ったはずだ。愛していると言ってプロポーズしていたなら、騙していたことになるかもしれないが」

彼のその一言で、目が覚めたような気がした。

そうだ。彼は父親の名誉のためだと言った。最初から愛のためではない。彼にしてみれば、イブリンが怒るのはまるで見当違いだということだ。

イブリンは目を伏せた。

少しばかり優しくしてもらえたからといって、彼の気持ちが変わっているはずがない。

結局、彼はわたしのことなんてどうでもいいのよ……。

最初から判っていたのに、勝手にイブリンが期待を抱いただけだ。イブリンがドレスや髪形を変えて、綺麗だと言われるようになったからといって、もっと美しい女性はいくらだっている。そして、そんな女性達とたくさん浮名を流してきた彼が、イブリンなど本気で相手にするわけがない。

そうよ。わたしなんか……。

綺麗なドレスを脱げば、ただのネズミ娘だ。彼だって、よく判っていることだ。

彼はお金のために結婚した。おまけにイブリンの持参金も入ってきたのだ。だとしたら、彼はもうイブリンには用がないだろう。

頑張って伯爵夫人にふさわしい人間になろうと思っていた。そのために努力もしようと。

でも……。

努力しても結果は同じだ。

「イブリン……」

「いいの。……そうよね。あなたは騙していなかった」

イブリンは彼に背を向けた。目に涙が溜《た》まり、それを彼に見られたくなかったからだ。しかし、彼はイブリンの肩に手をかけ、自分のほうに無理やり向かせた。そして、イブリンの目に溜まった涙を見て、愕然としたような表情になる。

「泣くことはないじゃないか。確かにマイケルに相続させたくなかったが、あいつはちゃんと自分の分の遺産はもらっている。あれだけ派手に遊び回っているから、その金がいつまでもつか判らないが、だからといって、あいつの金を私が奪ったわけじゃない」

「でも、遺言が……」

「だから、それは私に当然譲られるべき遺産なんだ。この城や領地を維持するためにも必要だ。マイケルに渡したら、あっという間になくなってしまう。そんなことをさせるわけにはいかない」

「……判ったわ」

イブリンは頷《うなず》いた。

彼が言うことはなんとなく判る。彼の父親は遺産のことで脅しをかけたのだ。イブリンと結婚するようにと。そして、彼は仕方なくそれに従った。

そうよね。彼が嫌々ながら結婚したことには変わりはないわけよね。

「本当に理解してくれたんだね？」

「ええ、そうよ」

そう答えたものの、唇が震えた。彼は疑わしげにイブリンを見つめた。

「もう……夕食の時間よね。早く行きましょう」

「ちょっと待ってくれ。ちゃんと話し合おう。納得してくれたのなら、どうしてそんな態度を取るんだ」

「そんな態度って？」

「私と目を合わさない。私を避けようとしている……」

確かにイブリンはそんな態度を取っている。しかし、それは仕方のないことだ。彼が父の名誉のために自分と結婚しなければならなかったというだけでも傷ついていたのに、それに遺産のことが絡んでいたのだ。

そんなことがなければ、彼はわたしと絶対に結婚なんてしなかった……。ましてダンスに誘おうとも思わなかったはずだ。ネズミのようだと思っていたのだから。

イブリンの目からぽろぽろと涙が零《こぼ》れ落ちていった。止めようとしても止められない。イブリンはこの場にいるのが耐えられず、自分の部屋のほうへ逃げ出そうとした。

「待て。待つんだ、イブリン！」

イブリンは腕を掴《つか》まれ、引き戻される。

「放して！　わたしを一人にして！」

「どうして泣くんだ？　理由を教えてくれ！」

アリステアはイブリンの肩を抱き、顔を覗《のぞ》き込《こ》む。イブリンは動揺していたから顔を背けた。

「イブリン！」

自分の仕草を見て、彼がムッとしたのが判った。彼は無理やりイブリンの顎《あご》に手を当てて、自分のほうに向けさせる。それでも強情を張って視線を逸《そ》らしていると、今度は身体ごと引き寄せられて、抱き締められた。

「何をするの……。放してったら！」

抵抗すればするほど、彼も頑《かたく》なになる。とうとう彼はイブリンの唇を奪った。

イブリンは彼のキスには抵抗できなかった。身体に湧き起こる反応に、彼をまだ愛していることを思い知らされる。

彼はわたしのことなんか、なんとも思っていないのに……。

こうしてキスすることも、身体を重ねることさえも、彼にとっては大したことではないのだ。

彼にはたくさんの美女がいた。優しいふりをしても、本当は彼は心の冷たい人かもしれない。

彼が結婚した理由が頭の中をぐるぐると回る。こんなに悲しいのに、イブリンの身体は徐々に熱くなってきた。

感じたくない……。

だけど、感じてしまう。自分でもどうしようもなかった。キスされたことだけでなく、キスの先に行われることを想像するからだ。

ああ……アリステア……。

身体に触れて。そして、どこにでもキスをして。

イブリンの身体はそうしてもらいたくて、うずうずしている。その願いに応えるかのように、彼の手がイブリンの背中をそっと撫《な》で下ろした。

「イブリン……」

優しげな手つきで撫でられると、身体が震えてくる。これでは彼の思うつぼだ。彼はイブリンを自分のいいように操ろうと思っているのだ。抱いてしまえばいいのだと。

それが判っていても抗《あらが》えない。納得できない気持ちもあるのに、素知らぬふりをして彼に抱かれたくなかった。

でも……。

イブリンは彼から離れられなくなっていた。身を任せる用意ができていると、彼が思っても仕方がない。決してそうではない。心の中ではそうではないのだ。

彼の手が背中のホックを外そうとしている。

「ダメ……。こ、これから夕食が……」

なんとかそれで彼から逃れようとしたのが、彼は聞いてくれなかった。それどころか、イブリンの身体を抱き上げると、そのまま自分のベッドへ連れていく。途中で片方の靴が脱げてしまい、残る片方もベッドの上で彼に毟《むし》り取られる。

「やめて……。本当にもう……」

弱々しい声しか出せないが、必死の思いで彼に訴えかける。確かに身体は彼に従いたがっているけれど、やはりここで抱かれるなんて、あまりにも屈辱的だった。

結婚するまでは知らなかったことだが、夫婦というのはベッドでの営みを続けるのが普通のことなのだろう。だから、彼の妻である自分が、彼をずっと拒絶できるわけではないことも判っている。

だけど、今だけはイヤ……。

心の整理もついていない。愛されてもいないのに身体だけ彼に抱かれるのが苦痛でたまらない。少しでも望みがあると思っている間はまだよかったが、今は……。

せめて彼の優しさを愛情の一部だと思いたかった。ただ、どうしても今はそうは思えない。彼の計算づくの冷酷な行動にしか思えなかった。

遺産のことなんて知りたくなかった……！

知らなければ、こんなに苦しむこともなかったのに。いや、違う。真実は変えられない。最初から知っていれば、夢など見ずに済んだのに。

そして、彼を愛していることを自覚せずに済んだ。

彼とわたしは不釣り合いだと……。婚約披露パーティーで嘲笑《あざわら》っていた人達が言っていたのは、正しいことだったのだ。

アリステアはイブリンを抱きすくめると、激しいキスをしてきた。

まるでイブリンを逃がすまいとするかのようだった。今までの優しさをかなぐり捨てて、イブリンを我が物にするみたいに強引なキスをしてくる。

イブリンは呆然《ぼうぜん》としていた。

彼に抵抗したのがよくなかったのだろうか。やめてと言っただけで、彼は怒ったのか。よく判らないが、そのように思えてくる。

わたしには拒否する権利もないというの？

こんな乱暴な振る舞いをされるのは嫌だ。唇が離れた途端、イブリンは身体を反転させて逃げ出そうとしたが、後ろから押さえつけられる。

「いやっ！」

ドレスの裾から手を差し入れられ、ペチコートごとまくり上げられた。ドロワーズの上からお尻を撫でられて、ドキッとする。

「や、やだ……っ」

腰を浮かそうとしたが、両脚を広げられた。ドロワーズの股は縫い合わせられていないので、その隙間から彼の指が入ってくる。

秘部に直接触れられ、イブリンはビクンと震えた。

イブリンの身体は彼の愛撫《あいぶ》やキスに敏感だが、中でもそこに触れられると弱い。秘裂に沿って、そっと撫でられると、イブリンは全身が蕩けてくるような気がした。

「あん……あ……あんっ……」

こんな甘ったるい声を出したくない。そう思うのに、身体は反応するし、声も止められない。

内部からとろりと蜜が溢《あふ》れ出《だ》してくる。

ダメ……。こんなふうに感じたりしたら……。

これからもずっと彼の意のままになってしまう。

なんとか自分を取り戻さなくてはならないと思いながらも、身体が言うことを聞かない。彼に操られるまま、快感に身体を震わせた。

「あ……」

指が内部に入ってくる。

今までとは違い、イブリンは抵抗したいと思っている。なのに、こんなふうに指をくわえ込まされているという状況に眩暈《めまい》がしてきた。

これはわたしの身体なのに……。

わたしの思うとおりにならないなんて。

内部で指が動き始めると、イブリンは快感の渦に巻き込まれていく。

もう拒絶なんてできない。イブリンはシーツをギュッと握ったものの、もはやどうすることもできなかった。

身体が彼を欲しがっている。

快感を求めてしまっている。

もし、ここで愛撫をやめられたら、逆に物足りなさに苦しむことになるだろう。何も知らない頃ならともかく、もう彼と身体を重ねるときの快感を知ってしまっているから。

いつしかイブリンの腰は蠢《うごめ》いていた。もっとしてほしいと言うように。

「ああ……お願い……お願いっ」

イブリンはもはや自分が何を言っているのか、よく判らなかった。ただ本能に突き動かされて腰を揺らし、特別敏感な部分に触れられると、ビクンと大げさに震えた。

「私が欲しいんだな？」

彼の掠《かす》れた声が聞こえてきた。

「ええ……」

「何が欲しいか、ちゃんと言うんだ」

彼に促されるままに口を開く。

「あなた……。あなたが欲しい……！」

そう言った途端、指が引き抜かれ、ドロワーズが引き下ろされる。後ろで衣擦れの音がしたかと思うと、腰を高く上げさせられ、彼の硬くなったものが秘裂にあてがわれた。

「あ……ん」

身体が震えるほど、彼が欲しくてたまらなかった。

彼は無言でそのまま奥まで貫いた。

「ああっ……ん……あん……」

甘い快感が背筋を突き抜けていく。イブリンはシーツをギュッと掴んだ。

こんなふうに後ろから身体を重ねられるとは思いもしなかった。まるで獣《けもの》みたいだ。四つん

這いで抱かれている。

こんなの……いやぁ……！

自分が無理に従わされているという気がして、屈辱感が増す。

それなのに、快感がイブリンの身体を支配している。こんな形で抱かれるのは嫌なのに、今更、逃れられない。

「あっ……はぁぁ……ぁ……っ」

彼が奥まで何度も突き上げてくる。イブリンは我慢できずに、いつしか腰を振り、快感を貪っていた。

頬に涙が流れ出す。惨《みじ》めなのと気持ちがいいのと一緒になって、わけが判らない。喘《あえ》ぎ声に嗚咽《おえつ》が交じっているのに、彼は気がついていない。

どうしてこんなことになったの……？

わたしが彼に逆らったのがよくなかったの？

身体と心がばらばらになりそうだった。快感の渦に巻き込まれ、イブリンはどこかに流されていくような気がした。

これから自分がどこに向かうのか判らない。幸せな家庭を築くつもりでここに来たのに、違うところに連れ去られてしまいそうだった。

わたしが愛する人は何を考えているの？

わたしをどうしようとしているの？

彼によって、自分がただのネズミ娘ではないと感じられるようになったというのに、また元のところへ引き戻されていた。

ただ、彼に愛されたかっただけなのに。

そんな小さな願いもかなえられない。

やがて、イブリンは後ろからぐっと奥まで突き上げられる。

「あぁぁっ……んん……っ！」

激しい快感に我慢しきれず昇りつめる。彼もまたイブリンを後ろから抱いたまま腰を押しつけ、熱を放った。

イブリンは自分が抜け殻になったような気がした。

身体だけ弄《もてあそ》ばれて……。

彼がそっと身体を離した後は、シーツの上で力なく横たわるだけだった。身体は満足しているかもしれない。しかし、心は蝕《むしば》まれて、空虚な気持ちになってしまっている。

涙がどっと溢《あふ》れ出してきた。

嗚咽が抑えきれない。

「イブリン……泣かせるつもりじゃなかったんだ」

彼はドレスの裾を直し、イブリンの髪を撫でて、機嫌を取ろうとした。けれども、イブリンは泣きじゃくるだけで、顔も上げられない。

結婚式から今日の午後まで、自分達は上手《うま》くいくと思っていた。少なくとも、その機会は与えられていると。

でも……最初から間違っていたんだわ。

今更だが、彼の求婚を受け入れてはいけなかった。父が喜んでいるのを見て、流されるままでいたが、最初の段階ではっきりと断るべきだったのだ。

けれど、そうしていても彼の策略に乗せられていたかもしれない。彼は遺産のことで、どうしてもイブリンと結婚しなくてはならなかったのだから。

どうせなら、すべて判った上で結婚したかった。父の名誉のための結婚と遺産のための結婚では、ずいぶん違う。

「さあ、機嫌を直して。夕食の時間だ。祖母が待っている」

こんなときに夕食なんて……！

乱れたドレスに泣き腫《は》らした目で、食堂に行けるはずがない。それに、今のイブリンは何か食べるような気分ではまったくなかった。

「わたし……わたし……食事はいらない」

「イブリン！」

「あなた一人で食堂に行けばいいじゃない。わたしの悪口でも、お祖母様と言えばいいわ」

「祖母は君のことを勝手に誤解していただけなんだ。君個人を悪く思っているわけではなくて、父の強引なやり方に反発していただけだ」

　それは、アリステア自身がイブリンとの結婚を渋っていたせいだ。だから、強制された結婚では孫が可哀想だと思っていたのだ。

「あなたは……自分の好きなようにすればいいわ。もう……わたしに構わないで」

「イブリン……」

　彼は溜息をつき、身体を起こした。

「後で話そう。祖母には君が頭痛を起こしたと言っておく。祖母はきっと心配するだろうが……仕方ない」

　彼はまだ何か言いたそうだったが、祖母を待たせたくないのだろう。自分の身支度を整えると、部屋を出ていった。

　イブリンは一人になり、のろのろと起き上がった。

　自分の姿を見て、ぞっとする。髪は乱れ、ドレスは皺《しわ》になっている。もちろん顔も涙でぐちゃぐちゃになっているだろう。

　イブリンはベッドから下りると、靴を履き、自分の部屋に向かった。

　髪からピンをすべて取り去ると、靴と靴下を脱いで、ベッドに潜り込む。

　ドレスはもう皺くちゃだもの。誰か手助けしてくれないと、脱ぐこともできない。しばらくしたら、キャリーを呼ぼう。

そう。わたしが泣きやんだら……。

涙の跡を見られないように、そっと隠して。

イブリンは目を閉じて、安全な夢の世界へ避難しようとした。


アリステアは夕食の席をなんとかやり過ごした。

イブリンが頭痛だと言い訳をしたものの、祖母は信じていないのだろう。夕食が終わった後で、祖母は話があると言い出し、書斎へ二人で向かった。

できれば早く寝室に帰って、イブリンに謝りたい。あんな乱暴な真似をするべきではなかったと判っている。だが、今更、やってしまったことは消えない。二年前に彼女に言った言葉が消えないのと同じように。

ただ、謝っても彼女が受け入れてくれるかどうかは判らない。

祖母はソファに座ると、立ったままのアリステアをじろりと睨んだ。

「イブリンのことを最初からちゃんと話をしてもらおうかしら」

「最初からも何も、お祖母さんが知っているとおりですよ。父が遺産に絡めてイブリンと結婚するようにと言い残した。私は期限にぎりぎり間に合うように彼女にプロポーズして、彼女はそれを受け入れた……」

「でも、遺産のことは話さなかったんでしょう？」

「……そうです。ただ、父の遺言だということは話しました。父が彼女の父親と約束したから、父の名誉を守るために結婚しなければならないと……」

「あらまあ。なんてことでしょう。最悪のプロポーズね」

祖母は呆《あき》れたように言った。

「まさか愛していると囁《ささや》くわけにはいかないでしょう。本心を偽ることのほうが最悪です」

「だいたい、愛してもいない相手に結婚を申し込むなんて……」

アリステアは肩をすくめた。

「仕方ないです。父がそう仕向けたのだから。私があれほど嫌がっていたのは判っていたのに」

祖母は溜息をつき、首を横に振る。

「それにしても、もう少し優しい言い方もあったんじゃないかしら」

「それは試した上でのことです。自分はおとなしい妻を求めているし、伯爵夫人になったときのメリットも話しました。だけど、彼女は承諾しなかったんです。それこそ、そういう便宜的な結婚は嫌だと……。彼女はお祖母さんと気が合うんじゃないですか？　愛がなければ結婚したくないようでした」

「だとしたら、わたしは彼女を誤解していたわ。あなたが彼女をけなして、結婚したくないと愚痴を言うから、てっきりひどい女だと思っていたのよ。その、内面的に……。だから、あなたと結婚するのは、伯爵夫人になりたいからだと。わたしはそういう冷たい結婚は家庭に影を落とすし、何よりあなたは不幸になってしまう。わたしは孫も曾孫も幸せになってほしいのよ」

「私は幸せですよ。この結婚に満足しています」

アリステアは顔をしかめて、キャビネットを開けると、グラスを取り出した。ブランデーをグラスに注いで、ぐっと飲み干す。

「お酒に逃げるなんて、何か問題がある証拠じゃないかしら」

「では言いますが、お祖母さんが遺産のことを話す前までは、私とイブリンは上手くいっていたんです」

「でも、彼女は愛がなければ結婚したくなかったんでしょう？　そもそも、どうやって説き伏せることができたの？」

「彼女は父親想《おも》いで……彼女の父親も娘が私と結婚することを望んでいたんです。だから、それを利用して……断れないように仕向けたんですよ」

「まあ、なんて卑劣な……」

祖母はそう言いかけて、途中で首をかしげた。

「だけど、あなた達はいい関係になりかけていたのよね……？」

「結婚してしまうと、彼女もおとなしくなりました。それに……以前はネズミみたいに冴《さ》えなかったけれど、ちゃんとしたドレスや髪形をするようになったら見違えるようになりました。私だって、美しい女性が嫌いではないですしね」

ニヤリと笑い、グラスにまたブランデーを注いだ。

「美しいから、彼女を気に入ったの？」

「とんでもない。彼女は……なんというか面白いんです。物事に対しての反応が普通の女性と違うし、意地っ張りなところも、はっきりとものを言うところも気に入っています。彼女は父親から押しつけられたドレスや髪形のせいで、社交界でもけっこう苛《いじ》められていたみたいで、そういうところもなんとなく健気に見えて、守ってやりたくなったり……」

「ああ……なるほどそういうことね！」

祖母が急ににこにこしだしたので、アリステアはきょとんとした。

「そういうこと、というのは……？」

「判ったわ。あなたは彼女に夢中なのね」

アリステアはブランデーにむせて咳き込んだ。

「何を言っているんです。夢中なんてことはないですよ。ただ、彼女は綺麗だし、可愛いし、気に入っているというだけです」

「それを夢中というんですよ。彼女も同じなのね？」

祖母にイブリンに対しての気持ちを決めつけられて、アリステアは顔をしかめた。祖母には悪いが、まったくの勘違いだ。夢中というほどではない。それでは、まるで彼女に恋しているみたいではないか。

そんなつもりはまったくない。それに、アリステアはただ夫婦として、ごく当たり前の興味をイブリンに抱いているだけだ。そして、もちろん欲望も。

「彼女が私のことをどう思っているのかなんて知りませんよ。でも、私達は夫婦として、ちゃんとやっていけます。私も私の子供達も決して不幸にはなりませんよ」

祖母は深く頷いた。

「それなら、わたしも彼女に不用意なことを言ったことを詫《わ》びなくてはね。あなたもちゃんと謝ったの？」

「ええ、まあ……」

謝るつもりが、火に油を注いだ気がしないでもない。

けれども、イブリンはそれほど怒りを引きずるような人間ではないはずだ。おとなしい性格ではないが、気性はさっぱりしている。これから謝れば、二人の関係は修復できるに違いない。

祖母はじろりとアリステアを睨んだ。

「彼女に優しくしてやりなさい。あなたのこれからの人生が素晴らしいものになるか、それとも地獄のようになるかは、妻次第なのよ。一生、あなたの傍にいるのだから」

アリステアはひやりとした。

結婚してみて初めて祖母の言う意味が理解できた。もしアリステアがイブリンとの仲を修復できなかったら、一体どうなるだろう。アリステアの人生が素晴らしいものになるとはとても思えない。

だから、愛し合ってもいない相手と結婚してはいけないと、祖母はずっと言っていたのだ。

だが、今更どうしようもない。それに、仲直りさえ上手くいけば、イブリンはいい妻になるだろう。彼女はおとなしくもなければ従順でもない。しかし、二人はずっと仲良くやっていけるはずだ。

「判りました。そろそろ彼女の様子を見にいかないと……」

「そうなさい。わたしはもう寝るわ」

アリステアは祖母を寝室まで送っていき、そそくさと挨拶をして、主寝室に戻った。しかし、彼女はいない。自分の部屋にいるのだろうか。キャリーに軽い食事を持っていくように言いつけたが、ちゃんと食べたのか。

彼女の部屋への扉を軽くノックして開けた。

ランプの灯りは消えているから、どうやら寝ているらしい。朝までそっとしておこうかと思ったが、アリステアはどうにも我慢できず、主寝室の灯りを持ってきて、彼女の部屋に入った。

　ベッドで眠る彼女の顔を見て、胸が痛んだ。涙こそ流していないが、目元が腫れぼったい。ナイトドレスを着ているところを見ると、キャリーはちゃんと来たらしい。けれども、彼女が食事を摂《と》ったかどうか判らない。

　ひょっとしたら、何も食べずに寝てしまったのかもしれない。

　アリステアは彼女の横に潜り込みたかった。

　そして、ごめんと謝りたかった。優しくキスすれば許してくれるかもしれない。

　だが、今夜はそっと寝かせておいたほうがいい。明日にはきっと彼女の機嫌も直っていることだろう。

　アリステアは身を屈《かが》めて、彼女の頬にそっとキスをする。

「おやすみ……イブリン」

　低く呟《つぶや》くと、後ろ髪を引かれながら、アリステアは主寝室に戻った。


　翌朝、イブリンは見慣れぬ部屋に自分が一人で寝ていることに驚いた。

　だが、すぐに昨夜のことを思い出す。泣き疲れて眠りかけたところにキャリーが食事を持ってきてくれたのだ。

　頭が痛いのだと言い訳をしたものの、キャリーがそれを信じたかどうか判らない。食事はほとんど食べずに、後は着替えて眠りについた。アリステアが寝入っている自分を見たかどうかも知らない。

イブリンは身を起こして、溜息をついた。

彼はもちろん主寝室で一人で寝たのだろう。昨日のことを思い出すと、なんだかつらい。彼が遺産のことを言い忘れていたことも腹立たしいが、二人の意見が対立したときに、彼があんな乱暴な真似をしてきたことが嫌だった。

何より嘆《なげ》かわしいのは、自分の意志に反して彼の愛撫に屈してしまったこの身体だ。自分の身体なのに思うとおりにならなかった。だから、ひどく惨めな気持ちになってしまった。ちゃんと抵抗できていれば、今、こんなに落ち込むことはなかっただろう。

これから、彼とどんな顔をして、暮らしていけばいいの？

もちろん伯爵夫人としての役目は果たさなくてはならない。それは屋敷を管理し、社交に勤《いそ》しみ、子供を産み育てることだ。

でも、彼との関係は……？

結婚してから上手くいきかけていたが、昨夜のあのことで二人の関係は変わった気がする。少なくとも、イブリンのほうは変わった。いつかは愛されるかもしれないという希望も消えてしまった。

彼のお祖母様の言うとおり、初めからこんな結婚はしてはいけなかったのよ。

しかし、イブリンと結婚しなければ、彼は遺産を受け取ることができなかった。父と彼の父親との間に交わされた約束が問題なのだが、どうしてそんなことを勝手に決めることができたのだろう。父は本気ではなかったというが、その約束に彼の父親も彼も縛られることになったのだ。

そして、わたし自身も……。

彼がイブリンと結婚したくないと祖母に言っていたこともショックだった。しかも、ネズミみたいだということまで告げていたのだ。

よくわたしみたいな娘と結婚すると決心したものだわ。

イブリンは苦笑交じりにそう思ったが、自分が惨めになるだけなので、もう考えることをやめにした。

これからは、自分のすべきことだけを考えるのよ……。

アリステアに恋をしたって、なんにもならない。だから、彼を愛していることも、もう考えたくない。報われない恋なんて、忘れたほうがいいに決まっている。

イブリンはキャリーを呼んで、身支度を始めた。

相変わらずキャリーは綺麗な髪形に仕上げてくれる。イブリンは少し気分がよくなり、階下へ向かった。だが、昨日はすぐに寝入ってしまったから、結局、屋敷のどこに何があるのかも判らない。

アリステアはまだ主寝室にいるかしら……。

戻って、彼に教えてもらおうか。それとも、執事に訊いたほうがいいのか。

迷っていると、階段の上からアリステアの祖母が付き添い婦人の手を借りながら、ゆっくりと下りてきた。

「あ……おはようございます」

「おはよう。一人でどうしたの？　あの子は？」

アリステアが『あの子』呼ばわりなのか、なんとなくおかしい。彼の祖母が彼のことを可愛い孫だと思っているのは判るのだが。

「あの……朝食を摂《と》る場所が判らなくて。彼は……」

「まだ喧嘩《けんか》しているの？　昨夜、あなたに謝るように言ったのに」

イブリンは目をしばたたいた。昨日、彼女にきついことを言われたのだが、あれは気のせいだったのだろうか。

いいえ。そんなことはないと思うわ。

「わたしだって、あなたに謝らなければ。昨日はごめんなさいね。あなたのことを勝手に誤解して、非難してしまって……」

「いいえ。いいんです。わたし、悪口を言われるのに慣れていますから」

今度は祖母のほうがまばたきをして、イブリンのほうを不思議そうに見つめてきた。

「悪口を言われ慣れているの？」

「アリステアが言っていたんでしょう？　わたしがネズミみたいだって。若い娘が派手に着飾るのはおかしいと父が言っていたから、いつも地味で古くさいドレスを着ていたんです。それで、みんながわたしのことをいろいろ冷やかしたり、聞こえよがしに陰口を言ったり……」

「大変だったのね。でも、ここではそんなことは何もないわ。あなたも幸せに暮らせるはずよ」

祖母は優しく言ってくれて、イブリンはほっとした。昨日会ったときには、辛辣《しんらつ》なことをずけずけと言われて、彼女が少し怖かったのだ。

そうではなかったのね……。彼女は孫が可愛かっただけ。

孫想《おも》いのおばあちゃん。どうやらそれが彼女の正体だったようだ。

「ありがとうございます、お祖母様」

思わずそう呼びかけてしまって、イブリンは慌てた。

「ごめんなさい。わたしに『お祖母様』と呼ばれるのは……」

「いいのよ。どうぞそう呼んでちょうだい。あなたはわたしの孫息子を幸せにしてくれる嫁なんだから」

いつからそういうことになったのだろう。イブリンのことを誤解していたのは理解してもらえたようだが、それでアリステアを幸せにする嫁という結論になるのは、よく判らなかった。

イブリンは首をかしげながらも、祖母と二人で朝食を摂るための食堂に向かった。

朝日が差し込む気持ちのいい朝食室で祖母と二人きりで朝食を摂った後、イブリンは書斎に向かった。そこにアリステアがいると聞いたからだ。

ノックをすると、彼の声が聞こえてきた。

「入れ」

扉を開けると、彼は窓を背にして、机に向かって何か書いていた。

イブリンは邪魔をしてはいけないかもしれないと思ったとき、彼が目を上げる。

「ああ……イブリン。起きたのか」

「ええ。あの……さっきお祖母様と朝食を摂ったわ。昨日のことも謝ってくださって……」

彼はにっこり微笑んだ。

「だから言っただろう？　厳《いか》めしいが、優しい人だと」

「……ええ。あの……昨日はごめんなさい。あのまま眠ってしまって……」

謝ったのに、彼の笑顔はしかめ面に変わった。

「いや、いいんだ。私こそ……君に謝らなければいけない。いろいろと……」

「いいの！　本当にいいのよ。わたし、全然気にしてないわ！」

そう言ったが、彼は困惑したような表情になる。

「そうなのか？　本当に？」

「ええ！」

「それならいいが……」

彼は何か釈然としない表情をしていた。どうせなら今さっきみたいに微笑んでほしかった。彼が微笑むと、イブリンはドキドキしてくる。心が浮き立ち、多少、嫌なことがあったとしても、忘れられるものだ。

「ところで、あなたはこんな朝早くから何をしているの？」

「ああ、領地の経営に関しての仕事だ。土地差配人が送ってきた手紙を読んで、返事を書いている。しばらくここを留守にしていたものだから、すべきことがたくさんあってすまない。一段落したら、屋敷の中を案内しよう」

「あ……忙しいならいいのよ。わたし、屋敷の切り盛りのことで家政婦のバクスター夫人と話があるから、ついでに彼女に案内してもらうわ。厨房や洗濯室やリネン室も見ておきたいし」

そう言った場所には、アリステアは足を踏み入れたこともないだろう。だが、イブリンはそういうところも見ておいて、後で役立てようと思っていた。

「それなら、彼女に頼むといい。午後になったら、一緒に過ごそう。いいね？」

「ええ……じゃあ」

イブリンはさっと踵《きびす》を返し、書斎を後にした。

子供ではあるまいし、いちいち面倒を見てもらわなくてもいい。彼は自分のすべきことをすればいいだけだ。イブリンも自分のすべきことをする。ただ、二人の間に接点はないということなのだ。

その足でバクスター夫人のところへ行き、屋敷の案内をしてもらえるように頼んだ。彼女は目を丸くして、少し訛《なま》りのある言葉で言った。

「わたしなんかでいいんでしょうかねえ。お屋敷の案内は伯爵様がなさりたいのでは……」

「いいの。彼は忙しそうだし。それに……」

イブリンは自分の行きたいところを並べ立てた。それを聞いて、彼女はにっこり笑う。

「なるほど判りました。裏も表も見たいということですね。わたしに任せてください！」

彼女は屋敷の中を隈《くま》なく案内してくれた。広くて、すべての部屋の位置は覚えきれないが、どういった部屋があり、それがどういうところなのかは判った。

「さすがに伯爵の領地ともなると、お屋敷もすごいわね。わたしはロンドンのお屋敷しか知らなくて……」

「ロンドンのお屋敷はまず土地が狭いですものね」

狭いといっても、普通のタウンハウスとはくらべものにならないくらい広いのだが。しかし、この屋敷で働いていれば、そういう気にもなるだろう。

「お庭などは伯爵様が案内してくださると思います。領地は乗馬などなされば、どういったところか判っていただけるのでは……」

「ええ。なるべく早くわたしもここに馴染《なじ》みたいわ。これから、いろいろよろしくね」

「こちらこそ、よろしくお願いします」

バクスター夫人は嬉しそうに頷いた。

「そういえば、今日から夕食のメニューを奥様に決めていただきたいと大奥様がおっしゃっていましたが」

「今までどういったメニューを出していたのか知りたいわ」

「では、メニューを書いたノートを持ってまいりますので、どうぞ居間のほうへ」

イブリンは居間へ行き、バクスター夫人が持ってきたノートを見て、今日の夕食のメニューを決めていった。それから、他にイブリンがすべきことについて、彼女と話し合った。

アリステアの母が亡くなった後、祖母がそういった役目を引き継いでいたが、高齢のために屋敷の管理についてはほとんどバクスター夫人が仕切っていたらしい。イブリンがロンドンなどへ行き、不在のときも、彼女が全部イブリンの代わりをしてくれるらしい。

イブリン自身も実家で母の代わりをしていたが、やはり女主人となれば責任が重い。屋敷で働く使用人の雇用についても権限があることを知らされた。

「といっても、メイドはわたしが監督していますので、わたしが奥様のご判断を仰《あお》ぎにいくということになります。素行の悪いメイドがいれば、使用人の士気に関わりますからね」

「わたしにちゃんとやれるかしら……」

「大丈夫ですよ。少しすれば慣れてきますとも。それまで、わたしがお手伝いいたしますから」

バクスター夫人は頼もしい味方のようで、ほっとする。アリステアの祖母も孫想いの優しい人で、イブリンのことも理解してくれたみたいだから、これからは仲良くやれるだろう。

問題はアリステア本人で……。

イブリンは結婚生活の一番重要なことだけ、極端に自信がなかった。


午後になり、アリステアが書斎から出てきて、一緒に軽い昼食を摂った。

イブリンは微笑みを浮かべ、何事もなかったかのように話していたが、内心は早くこの場を去りたかった。

彼と結婚した以上、愛されないことが判っていても、伯爵夫人として当然のことをしなくてはならない。けれども、もうこれ以上、無駄な望みは持たないことにした。そして、必要以上、彼に愛情を抱かないことだ。

「午後は一人でゆっくり散歩をしようと思うの」

食事を終えた後、イブリンは何気なくそう言った。

「午後からは時間があるんだ。庭を案内するよ」

できれば、自分のことなど放っておいてほしい。そう思ったが、結局、いつまでも行動を共にしないわけにはいかない。いつかは二人きりになるときが来るのだ。

「じゃあ、一緒に……」

「ああ。陽射しはそんなに強くないが、帽子をかぶったほうがいいな」

彼の助言どおり、イブリンは帽子を取ってきてかぶった。そして、二人は庭を歩き始める。

庭といっても広大だ。花が咲き、噴水があるのは屋敷の周りだけで、更に歩いていくと、大きな温室が建っている。厩舎も広く、たくさんの馬がいた。

「世話をするだけで大変そうね……」

イブリンはアリステアの視線を避けるように、愛想のいい馬のたてがみを撫でた。

「もちろん馬番もたくさんいる。君は馬に乗れるかい？」

「まあ……一応。あまり上手くはないけど」

「じゃあ、乗馬は今度にして、今日は馬車で領地を見せよう」

彼はその場で馬車の用意をさせた。イブリンはできれば乗りたくなかったし、何より彼と狭い馬車の中で二人きりになりたくなかった。彼とは視線を合わせないようにしているが、馬車で向かい合わせに座ると、なかなか難しい。

とはいえ、馬車が用意されてしまうと、乗りたくないとも言えない。イブリンはそれに乗り、窓の外の風景に目をやった。

馬車は領地を回り、アリステアはその土地についての説明をしてくれた。麦畑や作物を育てる畑。それから、牧草地やら池やら、いろんなものがたくさんあった。森の中の小道を抜けると、村に着き、そこの広場に馬車が停まる。

「どうしたの？　こんなところで……」

「花嫁をお披露目しようかと思ってね」

イブリンが馬車から降りると、数人の男女が近づいてきた。

「伯爵様、その方が花嫁ですか？」

「ああ、そうだ」

アリステアはイブリンの背中に手を当てて、紹介する。

「おめでとうございます！　伯爵様！」

彼らがお祝いを言ってくれると、周囲に人が集まってくる。口々にお祝いを言われて、イブリンは微笑みながらお礼を言う。

「あなたって、ずいぶんこの村で人気があるのね」

この村はアリステアの領地で、村人は彼にお世話になっているという意識は多少あるかもしれないが、相応の地代を払っているのだ。結婚したからといってお祝いまで言いにきてくれるのは特別なことだろう。

「大したことはないさ。ただ、領地に住んでいる人達のことは大切にしている。地代収入があるのも、彼らあってのことだから」

彼はきっぱり言って、イブリンの肩に手を回して、ゆっくりと歩いていった。

ロンドンの舞踏会で見かける彼は、もっと気取っていたと思う。美女と浮名を流し、享楽的《きょうらくてき》にも見えた。だが、領地で村人に話しかけられて、気さくに笑顔を向ける彼のほうが、ひょっとしたら本当の彼なのかもしれない。

でも、そうなの……？

初めて見る彼の姿に、イブリンは戸惑っていた。けれども、使用人にも一人一人声をかけていた。もちろん名前も覚えていて、その名前で呼ばれた使用人はとても嬉しそうにしていたことを思い出す。

わたしが今まで見ていたのは、彼のごく一部だったということ……？

彼が遺産を欲しかったのは、この人達のためでもあったのかしら。

だとしても、彼が結婚した理由は変わらないし、彼が本当はイブリンのことをどう思っているかというのも変わらないのだ。

彼の優しさを知ると、心はどうしても揺れてしまう。

二人は村人に声をかけられながら、小さな店が並んでいる通りを歩いた。食堂も酒場もあるし、食料品店の他に、リボンや布地、雑貨を売っている店もある。

「君が着ているようなドレスを作るには、もっと大きな街に行かなければ無理だな」

「わたしはもうたくさんドレスを作ってもらったから……。しばらくは買わなくてもいいと思うわ」

「いずれ必要になると思うけどね」

彼は意味ありげに笑った。

「どういう意味かしら。わたしは不必要にドレスを欲しがるような贅沢《ぜいたく》じゃないわ」

「いや、そうじゃなくて……。お腹《なか》が大きくなったら今のドレスは着られないだろう？」

思わずぽかんとして、彼の横顔を見つめてしまった。彼はイブリンのほうを優しげな眼差《まなざ》しで見つめてきた。

「そんなに驚かなくてもいいじゃないか。結婚して、ベッドを共にすれば赤ん坊ができる。自然の摂理だ」

「あ……あの……あれが……」

イブリンは頬を染めた。

「知らなかった？　どうやって子供ができるのか」

「し、知らなかったわ！」

動揺してしまい、声が上擦る。

「もちろん、いつ身ごもるかは神様次第というわけだが、ひょっとしたら今まさに君のお腹に小さな小さな赤ん坊がいるかもしれない」

「まあ……」

伯爵夫人の務めというより、結婚したからには子供が欲しいと思っていた。アリステアの子供を何人も産みたいと。

たとえ彼に愛されなくても、子供さえいれば、わたしは幸せになれるかもしれない！

イブリンはそう思うと、自然に微笑んだ。

「その顔……いいな」

「え？」

「頬を赤らめて微笑んでいる顔。君は私の子供が欲しいんだね？」

「もちろんよ！　あの……だって子供は可愛いもの」

ただの子供ではなく、アリステアの子供が欲しいと言いたかったが、彼に自分の気持ちを知られたくなくてごまかした。

愛されてもいないのに、自分が彼を愛していることを知られるのは屈辱だ。それを知られて、憐《あわ》れみなどかけてもらいたくなかった。

だから、絶対に本心は隠さなければ！

「でも、母が早くに亡くなったし、赤ちゃんのことはあまりよく知らないの」

「祖母に訊けばいい。バクスター夫人だって、いろいろ教えてくれる。乳母を雇うし、何も心配いらない」

「そうね……」

イブリンはふと遠い目になった。

彼はいつまでわたしの傍にいてくれるかしら。

もしここで身ごもれば、ロンドンには行けなくなる。イブリンがずっとここで子供と暮らして、彼はロンドンで独身の頃のように過ごすのかもしれない。

でも……。

それは半《なか》ば覚悟していたことだ。イブリンは自分の気持ちを奮い立たせた。それでもいいと思わなくては。

少なくとも、そのときには彼の子供が手元に残るんだから。

父親似の赤ちゃんがいいわ。

イブリンは本当に身ごもっていればいいと思った。

「何を考えているんだい？　赤ん坊のこと？」

彼はイブリンをじっと見つめている。とても優しい眼差しで、そのまま彼に自分の心にあるものを打ち明けたくなった。

だが、すぐに現実を思い出した。彼は別に自分を愛しているわけではない。

イブリンは視線を逸《そ》らした。

「そろそろ帰りましょう。お祖母様をあまり一人にしているのもお気の毒だわ」

「イブリン……」

彼は何か言いたげだったが、その続きは何も言わなかった。さっきまでいい雰囲気だったのに、二人とももう口をきかない。

彼はまだわたしが昨日のことで怒っていると思っているのかもしれない。

だけど……そうではないの。

怒っているわけではなくて、悲しんでいるだけ。

けれども、それは一方的なものだ。自分を愛してくれないからといって、彼にそれを求める権利なんてない。

イブリンはただ自分の気持ちを彼には知られたくないだけだった。


フェアフィールド・ホールへやってきて、一週間が過ぎた。イブリンは一人で噴水の傍のベンチに腰かけ、溜息をついていた。

ああ、ダメよ。溜息をつけば幸せが逃げていくっていうし。

しかし、今のイブリンは幸せではなかった。アリステアとの距離が徐々に開いていっているからだ。

何かというと、アリステアは書斎にこもって仕事をしているし、たまに出かけるときももうイブリンを誘うことはなくなった。

イブリンは彼の祖母と散歩したり、編み物を習ったり、本を読んだりといったことをしていた。編み物はいつか身ごもったときに、赤ん坊の靴下を編みたいからだ。庭は広く、散歩するだけでも充分時間はかかる。そうするうちに、一日が過ぎていき、イブリンは彼にあまり会えない淋しさをなんとか紛《まぎ》らわせていた。

これはわたしの望んだこととは違うわ……。

けれども、彼に心を見せまいとすると、ぎこちない態度になってしまい、結果的に彼を遠ざけることになっていた。そのことで祖母にも注意される始末だった。

だけど、他にわたしに何ができるというの？

それに、彼が忙しそうなのは間違いない。領地の経営だけに、そんなに時間が取られるものかどうか判らないが。

夜は主寝室で一緒に寝ている。もちろん寝る前に大切な儀式があり、それを二人とも疎《おろそ》かにすることはなかった。彼もあの夜のように乱暴なことは一切してくることはなく、ただ優しかった。

イブリンが物足りないと思うほどに。

物足りないなんて……わがままかしら。

それに、何が基準なのか判らない。ただ、以前のような情熱的な雰囲気がなくなったのだ。

わたしなんか飽きられたのかも……。

イブリンは未《いま》だに自分に自信がなかった。アリステアにやはり着飾ってみてもネズミみたいだと思われているのだろうか。それこそベッドではドレスも着ていない。素のままの自分で、髪も乱れるから、余計に綺麗には見えないだろう。

イブリンが二度目の溜息をついたとき、馬車の音が聞こえてきた。

アリステアは馬車で出かけてはいない。一体、誰が来たのだろう。アリステアの客なら、イブリンも女主人としてもてなさなくてはならない。ベンチから立ち上がり、屋敷に戻ろうとした。

馬車は一台だけではない。何台もやってくる。

何やらトランクを積んでいるようにも見える。泊まり客が来るなんて聞いていない。それに、急に押しかけられても、そんな用意もしていない。

慌てて駆けだしたが、玄関に着く頃にはもう何台かの馬車がそこに停まっていて、騒ぎになっている。

マイケルだわ……！

彼とその碌《ろく》でもない取り巻きだろうか。イブリンは顔をしかめた。アリステアは眉を寄せて、マイケルに何か文句を言っているようだった。

「一体、どういうことなの？」

イブリンは言い争っている二人に話しかけた。マイケルが振り向き、にこやかに笑った。

「やあ、義姉《ねえ》さん！　ずいぶん伯爵夫人っぽくなってきたね」

彼は笑顔だが、アリステアは苦虫を噛《か》み潰したような顔をしている。

「こいつは急に押しかけてきて、ここでパーティーを開くと言うんだ。断りもなしに客を連れてきて……」

馬車がまだ何台もこちらにやってきている。パーティーを開くといったところで、マイケルは何もしないだろう。つまり、てんてこ舞いをするのはイブリンとバクスター夫人やメイド達だ。

伯爵夫人なのだから、いつかは客を招いたり、パーティーを開くことはあると思っていた。しかし、いきなりこんな窮地に立たされるとは思わなかった。

「もう連れてきたんだから仕方ないだろう？　ねえ、兄さん」

甘えるような声を出すマイケルに、アリステアは吐き捨てるように言った。

「いや、無理だ。帰れ。ロンドンには立派な家を持っているだろう？」

「だって、ロンドンでは使用人が次々にやめていって、ほとんど残っていないんだ」

「おまえが酷使したか、待遇が悪いかのどちらかだろう」

「まあ、そうだけどさ。とにかく一日だけでも泊めてくれよ。客の中には公爵の息子とかもいるんだ。無下にはできないだろう?」

アリステアは溜息をついた。

「仕方ない。だが、一日だけだ。明日には出ていってもらう」

そんな……!

イブリンは悲鳴を上げたかった。部屋は客が泊められるようにはなっていないし、シーツは戸棚の中だ。食べ物も足りない。恐らくメイドも足りないだろう。馬車から賑《にぎ》やかに降りてくる人達の中には、女性もいる。彼女達の身の回りのことをする小間使いもいるようだった。

「じゃあ、よろしくね、義姉さん」

「ま、待って! 部屋の用意もできていないのよ。今すぐお部屋には案内できないわ。まず居間かどこかでお茶でも飲んでいただかないと」

「あ、そうだね。僕達はお茶より酒がいいな」

昼間から……?

というより、すでに酒臭い。馬車の中で飲んでいたのだろうか。

「人数は?」

「えーと……十五人くらいかなあ。十六人だったかな」

イブリンは眩暈《めまい》がしながら、玄関に駆け込み、急いでバクスター夫人に話をした。彼女も眉をひそめたものの、さすがにイブリンよりはそういったことに慣れているようで、すぐにメイドを集めて、役割りの分担をした。客用寝室を使えるようにすることと、客のもてなしをすること。そして、村へ行って、急ごしらえのメイドになってくれる女性を連れてくることと、食料の買い出しをすることを指示する。

「ありがとう、バクスター夫人。わたし、どうしていいか……」

「まずはお客様をお出迎えなさってください。人数をちゃんと把握しないと」

「そうね！」

連れてきた本人もよく判っていないようだから、数えるしかない。アリステアも怒っていたが、社交用に頭を切り替えたらしく、客を迎えていた。

上流階級の人間ばかりなのだろうが、マイケルの友人はどうにも下品だった。イブリンを上から下まで見て、嫌な笑い方をしている。

「話には聞いていたけど、ずいぶん変わったみたいだね」

初対面なのに、そういう言い方は失礼ではないかと思う。だが、きっと舞踏会でイブリンを見かけたことがあったのだろう。そして、ネズミ娘だと嘲笑《あざわら》っていたのに違いない。

「ええ。アリステアが綺麗なドレスをたくさん買ってくださったから」

イブリンはこんな人達を客として迎えたくなかった。だが、仕方ない。

客の中にずいぶん綺麗な女性がいた。年齢はアリステアより年上だろうか。彼女はアリステアと並ぶイブリンの前に立ち、魅惑的な笑顔を見せた。

　マイケルが横から口を挟んだ。

「ジャクリーンだよ。彼女のことはよく知っているだろう？　兄さん、久しぶりなんじゃないか」

　イブリンはアリステアの横顔をちらりと見た。唇を噛んでいて、怒鳴りたいのを我慢しているような顔だった。

「ああ、よく知っている。久しぶりだね、ジャクリーン。二人目の旦那様は一緒じゃないのかい？」

　彼女は肩をすくめて笑った。

「あら、もうとっくに亡くなっているわよ」

「そうだったか。お悔《く》やみを言うよ」

「気にしないで。全然平気だから」

　彼女は媚《こ》びた笑顔でそう言うと、イブリンのほうに視線を向けた。まるで取るに足らない小娘だと言わんばかりの目つきで、イブリンはカッとなった。

　この人はきっとアリステアの愛人だったことがあるんだわ！

　だから、アリステアは彼女が堂々と新婚の屋敷にやってきたことに怒っているに違いない。

　そして、ひょっとしたらマイケルもそれを知っていて、わざと連れてきたのではないだろうか。

だいたい、マイケルはアリステアが新婚だということは判っている。新婚旅行代わりにここへ来ていることも。

彼はわざわざそれを邪魔するように客を連れてきたに違いない。

つまり嫌がらせ……。

彼も父親の遺言書のことは知っていただろうし、直前でアリステアがイブリンと結婚したことで、遺産を受け取り損ねたのだ。もっとも、彼は自分の分の遺産は受け取っているのだから、父親が変な条件をつけただけで、元々、アリステアが相続するものだ。

とはいえ、マイケルにそんな理屈は関係ないだろう。腹いせにこんな嫌がらせを思いついたに違いない。

でも……ジャクリーンは過去の愛人なのかしら。ひょっとして、今も……？

そうではないとは言い切れない。何しろアリステアはイブリンとは嫌々ながら結婚したのだし、今まで美女とばかり付き合ってきた。愛人がいたかどうかは判らないが、結婚を機に別れたとは限らない。

それに、イブリンともよそよそしくなった今では……。

ジャクリーンは明らかにアリステアに目をつけている。今までそうでなかったとしても、彼女は彼を誘惑するつもりでいるかもしれない。

イブリンは危機感を抱いた。

同時に、嫉妬心が燃え上がる。

彼はわたしの夫よ！

ジャクリーンが祭壇の前での誓いを軽視していたとしても、イブリンは目の前で夫を奪い取られるわけにはいかない。

そうよ。彼女がどんな美しい人であっても。

イブリンは彼女の前では気後《きおく》れしていたし、散歩していたドレスは普段着だから見劣りするが、それでも対抗する気だった。

だって、アリステアを愛しているんですもの。

みすみす彼をジャクリーンの腕の中に自分で押しやったりできない。夫を彼女の毒牙から守らなくては。

でも、彼がイブリンより美女のほうがよかったなら……？

それでも、ここではそんな真似は許さないわ！

もしそんなことをしたら、夜中だろうと彼女を放り出してやる。イブリンにはその権限があるはずだ。

すべて挨拶は終わり、客は居間などの部屋に入って、メイドが持ってきたお茶やウィスキーを飲んでいる。みんな声が大きくて、談笑をしていた。イブリンは急いで二階へ行き、客用寝室がきちんとなっているかを見にいった。

全部の部屋が窓を開け放ち、空気を入れ替えている。掃除も始めていて、後はベッドにシーツをつけるだけだ。一日だけとはいえ、客に半端な寝室で過ごさせるわけにはいかない。それに、きちんとできないと、ロンドンでまた悪口を吹聴されてしまうかもしれない。

イブリンはまた居間に戻り、客の相手をしようと思ったが、彼らは大きな声で笑っている。なんだか自分が笑われているような気がして、居間に入れなくなった。

まさか……考えすぎよ。

そう思いつつ、自信のない自分がまた戻ってくる。アリステアはどう思っているだろう。今も綺麗だと少しは思ってくれているだろうか。

ジャクリーンと比べられたら、大概の女性が負けてしまうだろう。もし彼女がアリステアの遠い過去の愛人だったとしても、あんなに綺麗な女性を見てしまったら、イブリンなどどうでもよくなるかもしれない。

だけど……やっぱり負けられないわ！

イブリンはなんとかして彼の心を自分のほうに向けさせたかった。愛されないのは仕方なくても、せめて欲望の眼差しだけでもいいから独占したいと思っている。

書斎を覗《のぞ》くと、アリステアはもてなし役として、下品な客の相手も無難にこなしていた。しかし、ジャクリーンが彼の隣に座っている。しなだれるみたいに彼に寄りかかり、何事か囁いているように見えた。

ああ……嫌だ！

妻なんていないも同然だと決めつけている彼女の傲慢な振る舞いが嫌いだ。そして、色気で迫っているところも。何よりアリステアがそれを容認していることが嫌だった。無視しているのかもしれないが、やめるように注意することもない。

なんだか婚約披露パーティーのときと同じで……。

あのときも彼は友人達がイブリンの悪口を言っていたのを黙って聞いていた。自分は彼にとって守る価値もないのかと思うと、情けなくなってくる。

涙が出そうになるが、ぐっと堪《こら》えた。泣いてしまったら、あの美女に負けたことになる。

わたしはなんといっても、アリステアの妻なんだから。

やがて客用寝室の用意ができて、彼ら全員をそこに押し込めることに成功したとき、ほっとする。

戦いはこれからだけど……。

イブリンはなんとか元気を出そうと、精一杯、笑う練習をしていた。


夕食の時間になり、イブリンはジャクリーンに負けないようにと装った。

鏡の中の自分を見て、これでもアリステアには見向きもされないかもしれないという恐れを感じた。自分では精一杯の格好をしたつもりだが、そもそもイブリンはこういったことに長《た》けているわけではない。

いいと思うドレスを着て、髪形はキャリーに頑張ってもらっただけだ。

思わず溜息をつく。

でも、これ以上のことはできない。主寝室の扉をノックしてみたが、返答はない。もう着替えて、一階に下りているのだろう。

だが、それも仕方がない。そもそも二人の仲はこのところいい関係とは言えなかった。今更、彼も客の前で仲良しのふりをしたくないのだろう。

ジャクリーンとは仲がよさそうにしていたのに。

夕食が始まる前、居間にみんなが集まり、適当に立ったまま食前酒を飲んでいる。イブリンもシェリーをもらい、グラスに口をつけた。

アリステアの横にはやはりジャクリーンがいる。彼は無表情で、何を考えているかは判らない。ジャクリーンを邪魔だと思っているのかもしれないし、もしくはイブリンと結婚したことを後悔しているかもしれない。

いや、遺産のことはあるから、結婚自体を後悔しているわけではないだろう。けれども、ジャクリーンみたいな美女が傍にいるのなら、イブリンのような扱いづらい妻を敬遠したくなってもおかしくない。

彼に愛されていないにしても、やはり無視はされたくない。まして、彼が他の女性を愛人にすることは許せなかった。

彼女がここにいること自体が嫌なのだ。我儘《わがまま》かもしれないが、嫌なものは嫌だった。

やがて執事がやってきて、夕食の準備ができたことを告げた。みんなは立ち上がり、食堂へ移動する。

正式な晩餐会《ばんさんかい》の場合、この屋敷の主人が客の中で一番身分の高い女性をエスコートするのだが、アリステアはジャクリーンをエスコートした。彼女は亡き夫が侯爵だったらしいので、そういうことになる。

でも、どうせマイケルの客は面白おかしくパーティーをしたいだけだったのだから、何もこうしたしきたりにこだわらなくてもいいのに。とはいえ、立食のパーティーを開くには、楽団も用意していないし、すべての準備が整っていないので、イブリンがこうした夕食会にしたのだった。

イブリンはアリステアの行動を恨めしく思った。ムッとしているイブリンの前に、マイケルがやってきて腕を差し出す。イブリンは仕方なくマイケルの腕に掴まり、食堂へ移動した。イブリンの席は当然、女主人の席で、アリステアとはテーブルの端と端に分かれてしまった。

アリステアの隣にジャクリーンが座り、イブリンの隣にマイケルが座る。自分が決めた席順だが、なんとなくつまらない。せめてアリステアの祖母がいてくれればいいのだが、招待もしていない客が大勢押しかけてきたことが不快だったらしく、今夜は自分の部屋で夕食を摂ることにしていた。

いっそのこと、わたしもそうしたかった……！

もちろん女主人という立場だけに、それは無理なのだが。

マイケルの友人達は賑やかで、ちゃんとした夕食会の体裁を整えたにもかかわらず、お酒が回るに従って、行儀も悪くなり、騒いだりし始めた。

この人達、どこへ行ってもこんなふうなのかしら。

イブリンはついていけなかった。彼らも上流階級の人々なのだから、もう少し上品な振る舞いをしてくれると信じていたのに。

アリステアもこの有様には腹を立てているようだったが、何も言わない。言っても始まらないのが判っているからだろうか。

イブリンはどんどん落ち込んでいく。マイケルが何かくだらない話をしていたので、一緒に笑うふりをした。何も楽しくなかったが、まさかもてなす側の自分がむっつりと不機嫌な顔をするわけにはいかないからだ。

でも、元々、マイケルが勝手に連れてきた客じゃないの。

そう思うと、腹が立ってくる。仕方ないのかもしれないが、どうしてこんな客とも言えない客をもてなさなくてはいけないのだろうか。

しかも、彼の仲間の中には、結婚前のイブリンを馬鹿にした連中も交ざっている。イブリンは彼らが嫌いで嫌いで仕方なかった。

気がつくと、ほとんどの人達が席を立っている。アリステアは横のジャクリーンと話し込んでいるようで、こちらも見ない。ふと、ジャクリーンが手を伸ばして、アリステアの腕にそっと触れた。

イブリンはカッとなって、思わず立ち上がった。アリステアが驚いたようにこちらを見ている。

目が合ったが、イブリンは視線を逸らした。

わたしに彼を怒る資格があるかしら？

彼がイブリンのものだと本当に言えるだろうか。確かに二人は教会の祭壇の前で愛を誓い、夫婦となった。そういう意味では彼はイブリンのもので、イブリンは彼のものだ。しかし、実際、彼はイブリンを愛していないし、実に無情な理由があって結婚しただけだ。そして、今、二人の間には亀裂が入りかけている。

こんな状態で、イブリンが彼に対して独占欲を持つなんて許されないことかもしれない。

それでも、胸の奥は焼けつくような痛みを感じていたし、頭の中は怒りに熱くなっている。自分の夫に馴れ馴れしい態度を取るジャクリーンと、それを許しているアリステアに対して、イブリンは怒りを抱いていた。

彼はジャクリーンをもてなしているだけだとしても、やはり許せないのだ。

イブリンは再び座ろうとしたが、その横でマイケルが立ち上がった。

「悩みがあるんだろう？　聞いてやるよ」

「えっ……」

マイケルがイブリンの腕を掴むと、食堂を出ていく。マイケルが連れてきた友人達は大広間で適当なダンスをしたり、大声で笑いながら酒を飲んでいた。居間ではカードをやっている者もいる。

なんだか頭が痛くなってきたわ。

彼らは本当に明日帰ってくれるのだろうか。アリステアが追い出してくれればいいのだが、そうでなければ、イブリンはとても耐えられない。

それとも、アリステアはジャクリーンと会ったことで気が変わった……？

そうであってほしくない。イブリンは彼の気持ちを自分のほうに向けたかった。

でも、そもそも彼はわたしなんか大して興味はなかったんだから……。

あんな美女が目の前にいて、馴れ馴れしくされたら、誰であってもイブリンより彼女のほうがいいだろう。

もうネズミ娘のことは忘れたつもりでも、どうしてもあの頃の自分が戻ってきてしまう。

これ以上、惨めになんかなりたくない。でも、どうすればいいか判らないの。

マイケルはイブリンを連れたまま書斎の扉を開いて、中に入る。いろいろ考え事をしていたイブリンは、バタンと扉が閉まる音がして、はっと我に返る。

「どうして、わたしをここに連れてきたの？」

「だから、アレだろ？　ジャクリーンのことで悩んでるんだろ？」

マイケルはズバリ言い当てて、イブリンを驚かせた。

「どうして判るの？」

「そりゃあ判るさ。自分の夫にあれだけベタベタされたらね。兄さんも兄さんさ。いくら元婚約者だからって、気を遣わなくてもいいのに」

「元婚約者……？」

イブリンは呆然《ぼうぜん》とした。

彼の愛人だったのかと思っていたのに、彼女と婚約していたことがあったなんて……。

「婚約していたのはいつのことなの？」

ここ二年は彼のことを考えるのをやめていたが、幼い頃からあのネズミ事件のときまで、ずっと彼に注目していたのだ。婚約していたのならイブリンも知っていたはずだ。

「いや、婚約したいという話だけで、していなかったのかな。とにかく兄さんが若い頃に彼女と結婚したいと父さんに言ったんだよ。でも、父さんは君と結婚させたいからダメだって……。そうするうちに彼女は別の男と結婚した。だから、泣く泣く諦めたわけさ」

イブリンはアリステアから何度も地獄に突き落とされたが、そのたびに這い上がってきたつもりだった。しかし、今度はかなり大きな穴に落とされて、もう戻れないような気がした。だって……。

つまり、あの人がアリステアの本当に愛している人なんじゃないの？

遺言でもなければ、結婚する気にならなかったというのに、自分から結婚したいと言い出したなら、相手を愛しているということだ。

そして、彼女と引き裂かれたのは、わたしのせいで……。

イブリンはもう立ち上がれないような気がした。ふらふらとソファに座り込んだ。

「ショックだった？　あれ？　君、兄さんが本当に好きなんだ？」

マイケルは困った顔をして、キャビネットからブランデーのデキャンタを取り出し、グラスに注ぐと、それをイブリンに差し出した。

「さあ、飲んで。今にも泣きそうな顔をしているじゃないか」

彼はそう言いながら、イブリンの隣に腰を下ろした。

イブリンはグラスに口をつけた。ブランデーなんか好きではないが、今はどんなお酒でも飲めそうな気がする。

「いやあ、余計なこと言っちゃったかなあ。君は兄さんが結婚する理由を知っているって言っていたし、兄さんに愛人がいても平気なのかと思ってたよ。ただ、目の前で昔の女といちゃっかれたら頭にくるだろうけどさ」

マイケルに本音など知られたくなかった。しかし、イブリンはショックを受けすぎて、演技などできなかったのだ。グラスを持つ手が震えていて、目に涙が溜まる。

「なんか君……恋する乙女みたいで可愛いんだね。純情なのかな。兄さんは全然気づいてないんだろう？　馬鹿だなあ」

「いいの……。わたしはどうせネズミ娘なんだから」

「まあ、そんなふうに言われてたこともあるけど、今は綺麗だし。ジャクリーンは美人だけど、冷たいし性悪《しょうわる》だよ」

「だけど、アリステアは彼女のことを愛していたんでしょう？」

かつて愛していたというだけならいいが、今も愛しているのかもしれない。そう思うと、胸が痛んだ。

「そう……なのかなあ。よく知らないけどさ」

「彼女、今もアリステアの愛人なの？」

「えっ……いや、それはないんじゃないかな。僕はともかく、兄さんはそのへんのけじめをちゃんとつけてから結婚したと思うよ。ただ、彼女は狙っちゃってるみたいだけどね」

マイケルの言葉を信じていいかどうか判らないが、少なくともアリステアは結婚前に愛人の整理をするだけの分別があるということだ。

それが嬉しいのかどうか判らない。できれば、彼に愛人なんていてほしくなかった。

いや、過去のことは仕方ない。

でも……これから先はわたしに寄り添っていてほしいの。

そんなことを求める権利が自分にあるだろうか。結婚したものの愛し合っていないのだから、彼は自由に恋愛していいと思っているかもしれない。

どちらにしてもイブリンの片想《おも》いだ。この気持ちがいつか報われればいいが、そうでなければ非常に惨めなことになる。

ああ、これからどうなるの？

イブリンは精一杯着飾ったし、これ以上、何をすればいいのか判らない。外側でなく、内面で勝負するにしても、そもそも内面など目に見えないものなのだ。アリステアの視線がジャクリーンにしかいかないのなら、問題外だ。

イブリンはいつしかほろほろと涙を流していた。

「ああ、ごめん。泣かれると困るんだってば。僕が悪かったからさあ」

マイケルは慰めるようにイブリンの肩に手を回すと、ポケットからハンカチを出して、涙を拭いてくれる。

「ご、ごめんなさい……わたし……」

「いいんだって。それに、君は別に悪くないさ。兄さんが悪いだけで……。僕だって、兄さんには腹を立てているんだ。遺産のことでさ……」

マイケルにしてみれば、もう少しで遺産は自分のものになると思っていたら、アリステアがギリギリのところでイブリンと結婚したために、手に入らなくなってしまったのだ。元々、彼のものではないし、恨む筋合いではないとはいえ、腹立たしいと思う気持ちはなんとなく理解できた。

「だからさ……ちょっとした嫌がらせをしてみただけなんだ。兄さんが嫌がるのを判っていて、客を連れてきたし、ジャクリーンが未亡人になったって知ったら悔しがるかなあってさ」

つまりは、マイケルの策略だったのだ。だいたい新婚家庭に客を大勢連れてくるなんて、信じられないほど鈍感だと思っていたが、そうではなくてわざとだったわけだ。

「ひどいわ……」

また涙が滲《にじ》んでくる。

愛し合っている二人ならば、何があっても大丈夫だが、ただでさえアリステアとの仲がぎこちなくなっている。ほんの少しのことで壊れやすいし、イブリンは不安でならなかった。

「別に君を悲しませるつもりじゃなかったんだ。僕の狙いは兄さんだけなんだよ」

そうはいっても、ショックを受けているのも悲しいのもイブリンのほうだけだ。アリステアは大して被害をこうむっていない。それどころか、昔愛していた女性が目の前に現れて、しかも相手が擦り寄ってくるのだからいい気分だろう。

「イブリン……。ああ、本当にごめんよ……」

マイケルはイブリンを引き寄せ、抱き締めてきた。イブリンは彼の胸に顔を伏せ、涙を流す。

急に扉が開く音がして、イブリンははっと気がついた。義弟とはいえ、血は繋がっていないのに彼の胸で泣いていたら、何か誤解されそうだということに。

驚いて身を起こすと、扉のところで怖い顔をして立っていたのはアリステアだった。

「どういうことだ！」

鋭い視線で睨まれて、イブリンは慌ててマイケルから離れた。

「な、なんでもないわ……」

アリステアの激怒ぶりに恐れをなして、思わず言い訳めいたことを言ってしまったが、逆効果だったようだ。

「なんでもないことはないだろう？　二人でどこかへ行ったと思ったら、こんな真似を……」

マイケルが急に笑い出して、イブリンはビクッとする。

「兄さん、そんなに怒らなくても。ちょっとくらいいいじゃないか。どうせイブリンのことなんか好きでもなんでもないんだろう？　僕は彼女が気に入っちゃってね。実は昔から、彼女も僕のことを憎からず思ってくれていたみたいでさ」

マイケルの言葉に、イブリンはぽかんとしてしまった。

彼は一体何を言っているの……？

「イブリン、本当なのか？」

アリステアはマイケルの言葉を真に受けている。確かに彼の胸に顔を伏せて誤解を受けそうな体勢だった。しかし、よく見れば、イブリンが泣いていたのが判るはずだし、そもそも以前マイケルのことなんか好きではないと言い切ったのに、もう忘れているのだろうか。

それとも、わたしの言うことなんて信じていないの？

「違うわ……。わたしはそんな……」

「嘘をつかなくてもいいんだよ。兄さんだって許してくれるさ。どうせ兄さんが君と結婚したのは、遺産のためなんだからさ」

マイケルはイブリンの心を抉《えぐ》るようなことを平気で言った。

ひどい……。

今さっき慰めてくれて、ひょっとしたら根は優しい人なのかもしれないと思ったのに、やはり性根は腐っていたのだ。しかも、彼はイブリンがアリステアを好きでいることに気づいていながら、そんな残酷なことを言っている。

「嘘つきはあなたでしょう！」

イブリンは立ち上がって、マイケルにハンカチを投げつけた。

「あなたなんて、一生そうやって、もらえなかった遺産のことをうじうじと嘆いていればいいんだわ！　どうせあの不愉快なお友達もお金が尽きたら相手にしてくれないわよ！」

ついでにアリステアを睨みつける。自分は昔の恋人だか婚約者だか知らないが、ジャクリーンとベタベタしていたくせに、どうしてイブリンがマイケルと仲良くしていたくらいで怒るのだろう。

そうよ。わたしなんか好きでもないくせに！

イブリンはアリステアの横をすり抜けて、書斎を出ると、二階へ行こうとした。が、追いかけてきたアリステアに引き留められる。

「待て、イブリン。話がある」

「話なんて……知るもんですか！」

「いや、話をするんだ！」

アリステアはイブリンの手を掴んで、階段を上っていく。そして、主寝室へと連れ込み、ランプの灯りをつけた。

「なんなの？　あなたはお客様でももてなしていれば？」

イブリンは手を振り払って、彼に背を向けた。けれども、すぐに肩を掴まれ、彼のほうを向かされる。

「さっきは……なんでもないなら、一体何をしていたというんだ？」

彼はまだマイケルの言葉を信じているのだと思うと、情けなくなってくる。マイケルは彼の弟だが、信用できない男だと知っているはずなのに。

「何をしていたと思うの？」

イブリンは彼に顔を近づけた。あまりにも悔しくて、そして悲しくて、目に滲んでいた涙がまた溢《あふ》れ出《だ》してくる。

彼はそれに気づいて、はっと目を見開いた。

「……泣いていたのか？」

「そうよ。泣いていたら、あなたの弟が親切にも慰めてくれたのよ。でも、それも彼の策略だったみたいね。あんなことを言うなんて……」

アリステアは呻《うめ》いたかと思うと、自分の頭を叩いた。

「すまない。あいつは遺産のことで私を恨んでいたから……」

「あなたはわたしの言うことより、彼の言葉を信じたわね？」

「いや……そうだが……あのときは頭に血が上っていたんだ。君は食事中もマイケルと楽しそうに笑っていたし、途中で二人でどこかへ行ってしまった。ジャクリーンに言い訳をして、君らを捜しにいったら、あんな場面に出くわして……」

ジャクリーン……！

そうよ。あの人が元凶なんじゃないの。

イブリンは彼女の名前をアリステアの口から聞きたくなかった。

「あなたこそ、彼女とベタベタしていたじゃないの。あなたは昔、彼女と結婚しようと思っていたんですって？」

「そんなことはない。彼女が一方的に……」

「あんたなんて嫌い！　嫌い！　大嫌い！」

イブリンは彼の胸をぐいと押しやると、泣きながら自分の部屋へ駆け込み、扉を閉めた。そのまま扉に寄りかかり、両手で顔を覆う。我慢できずに、口から嗚咽《おえつ》が洩れていく。

「イブリン……」

「どこかへ行って！　わたし……もう嫌」

あんな行儀の悪い客の相手なんて嫌だ。マイケルもジャクリーンも早く帰ればいいのに。

イブリンは何もかもすべてに自信を失くしていた。

ドレスや髪形を変えて、綺麗になったと言われたが、ジャクリーンの美しさにはかなわない。アリステアが彼女にまだ気持ちを残しているなら、嫌々ながらイブリンと結婚してしまったことは腹立たしいだろう。

本当に結婚したいのは彼女だったのだから。

わたしなんか……。

遺産のためでなければ、妻にはなれなかった。

こんなにも愛しているのに。

彼はイブリンが弟と浮気していると思い、激怒した。けれども、マイケルが言ったとおり、別にイブリンが好きなわけではない。ただイブリンが妻という立場だから怒っただけなのだ。妻に浮気されて、平気な男なんていないだろう。

もし、彼がわたしを好きで、嫉妬してくれているならいいのに。

そうすれば、わたしだって本心を打ち明けるのに。

愛してるって……。

でも、言えないわ。同情されるのは嫌だもの。憐《あわ》れまれるのはもっと嫌。馬鹿にされたりしたら、もう立ち上がれない。

今まで彼とぎこちなくなりながらも、なんとか夫婦として過ごしてきた。夜もベッドを共にした。けれども、これから前のような二人にはなれない。

だけど、そうなったら、彼は自分の部屋に閉じこもる妻なんかますます疎《うと》ましく思うようになるだけだ。

そして、ジャクリーンと……。

愛しているのに、その心が届かない。それは、わたしのせいなのかしら。

イブリンはそのましゃがみ込んだ。やがて、彼が去っていく足音と扉が開け閉めされる音が聞こえた。

どこへ行くの？

ジャクリーンの許《もと》へ行くの？

彼がそうしたとしても、イブリンにはなんの文句も言えない。大嫌いだと言い、彼を締め出しているのだから。

イブリンはここで嫉妬に身悶えるしかなかった。


アリステアが書斎へ行くと、マイケルが一人でブランデーを飲んでいた。

「イブリンと仲直りできた？」

アリステアはじろりと彼を睨《にら》んだ。

「できるわけがないだろう？　おまえが余計なことを言うから……」

「僕の嘘に騙《だま》されて、彼女を信じないのが悪いのさ。僕はただ彼女が可哀想になって、慰めてあげていただけだ。彼女が泣いていた理由は聞いた？」

「いや……。聞こうと思ったら、大嫌いと罵《ののし》られて、部屋に閉じこもられた」

マイケルはケラケラと笑った。が、不意に真面目な顔になる。

「なんかさあ、彼女の言うこともっともだと思ってね……。大広間で騒いでいるあいつら、確かに僕が遊ぶ金を出さなくなったら、すぐに消えていくだろうな」

前からマイケルは派手に遊ぶことで金を消費していて、父はいつも頭を抱えていた。父が亡くなり、それなりのまとまった金を遺産でもらうと、もっと派手に遊ぶようになってしまっただろうか。

のだ。

ひょっとしたら、アリステアが相続するはずの金が自分の懐《ふところ》に来ると当て込んでいたせいだろうか。

アリステアは父の遺言のことで愚痴を言ったのだった。そして、イブリンとは結婚したくない、と。マイケルに期待を抱かせてしまったという意味では、彼の金遣いが荒いのは、ひとつは自分のせいでもあったかもしれない。

そもそも、兄である自分は伯爵になり、広大な領地も屋敷も財産もほとんどを受け継ぐが、弟であるマイケルには、父が遺言で指定した分の土地と遺産しかない。というのは、領地と屋敷は爵位に伴うもので、相応の財産がなければ維持することは難しいからだ。

そもそもアリステアは長男ではなかった。兄が亡くなったから、その後釜に座っただけのことだ。だから、マイケルにしてみれば不公平と思えるのだろう。だが、伯爵には責任もある。いいことばかりではないのだ。

それに、マイケルは両親から可愛がられていた。アリステアは亡くなった兄と比較され、いつも批判に晒《さら》されてばかりだった。そのうえ、伯爵としての責任ばかりか、結婚相手まで遺言によって強要されたのだ。

マイケルだって、アリステアの立場に置かれれば、弟の立場のほうがいいと思うに違いない。

もっとも、子供の頃のことを持ち出して、わざわざマイケルに愚痴を言うつもりはなかったが。

ともかく、マイケルにはもっと大人になってほしいと思っている。彼には何か責任ある仕事が必要なのではないだろうか。父のように小遣いを与えて甘やかしていたら、彼はずっと遊び回り、やがて破滅するに違いない。

マイケルは手にしていたグラスをテーブルの上に置いた。

「兄さんに謝るよ。新婚家庭にわざと嫌がらせしようと思って、あいつらを連れてきたんだ。ジャクリーンも呼んでさ……。でも、イブリンに泣かれて、自分がひどいことをしたって気づいた。彼女、今まで僕が付き合ってきた女の子とは全然違う。あんなふうに泣かせちゃいけない子なんだって……今になって判った」

マイケルを改心させたのはイブリンだったのか。それなのに、アリステアが書斎に入ってきたときには、わざとイブリンと何かあるかのように嘘をついたのだ。もちろんアリステアを怒らせたかっただけなのだろうが、彼の改心をどこまで信用していいか判らない。

しかし、たった一人の弟はこのままでは自分の身を滅ぼすだけだ。やはり、なんとか助けたいという気持ちもあった。

「おまえはまだ若いから、いつでもやり直せる。悪い仲間と縁を切る気があるなら、ロンドンではなく、田舎に引っ込んだほうがいい。父さんはおまえにもいい土地を残してくれたじゃないか」

本気で彼がちゃんとやっていくつもりなら、資金は援助してもいい。しかし、彼が本気であることを確認した上でなければ、金はいつもの遊びに消えていくだけだ。うかつに資金提供の話はできなかった。

マイケルはゆっくりと頷いた。

「この一年、何をやってたんだろう。父さんを恨んで、兄さんを羨《うらや》んでいた。兄さんはもう自分の財産を築いているじゃないか。なのに、父さんの遺産のほとんども独り占めする気だって、いじけてたんだ」

アリステアはあまり公《おおやけ》にはしていないが、投資で自分自身の資産をつくっている。時代が変化していて、すべてが近代化している今、昔のように領地経営だけではやっていけないかもしれないからだ。これからは事業を始めようかと思っているくらいだ。

ただ、それと領地と屋敷のための財産は別のものだ。この古い建物のためにどれだけの維持費が必要なのか、マイケルは知らないのだ。

「おまえだって、その気になれば財産をつくれるだろう。だが、そのためには勉強も必要だ。今のままなら悪い奴《やつ》に騙されて、身ぐるみ剥がされてもおかしくない。大きな借金を作ってからでは、私だっておまえを救ってやれないだろう」

マイケルは路頭に迷う自分を想像したのか、身震いをした。

「借金を返せずに、怖い男達に奴隷みたいに売り飛ばされた奴を知ってるよ……。船に乗せられて、もう二度と戻ってこられないんだ」

「遊びに浪費していたら、そういうこともある。私に嫌がらせしている場合じゃないぞ」

「そうだね……」

この一年間、マイケルとはあまり話す機会もなかった。こうやって腹を割って話し合えるのは嬉しい。

その機会をくれたのがイブリンだったとは……。

だが、肝心なイブリンは部屋に閉じこもり、泣いている。マイケルの嘘に騙されたアリステアが悪いのだが、食堂でやたらと二人が笑い合っているのを見て、苛々《いらいら》していたのだ。イブリンと笑い合うのは自分であるべきだと思っていたからだ。そして、イブリンが弟のマイケルに心を許しているのかと思うと、つらかった。

両親だけでなく、イブリンさえもマイケルには笑顔を見せるのかと。

だから、正直言って、ジャクリーンが何を話しかけてこようが、どうでもよかった。恐らくマイケルがイブリンとの結婚の理由について話したらしく、彼女は何故かアリステアがイブリンと離婚するものだと思い込んでいた。そして、その後釜に自分が座るものだと。

離婚なんてとんでもない！

たとえアリステアがイブリンのことを今もネズミのようだと思っていたとしても、そんなことはあり得ない。離婚や婚約破棄はスキャンダルだ。それも、女性のほうが社会的に抹殺されることになる。

そんな苦痛を、父が望んだ結婚相手に味わわせるわけがない。まして、父の恩人の娘なのだ。結婚した以上、浮気をする気もなかった。

それに、たとえ離婚したとしても、ジャクリーンと再婚するはずがない。彼女の美しさは皮一枚のものだ。中身は腹黒く、そんなものを愛《め》でる気にはならない。しかも、彼女はアリステアの使用人に、まるで女主人であるかのように横柄に振る舞っていた。そんな女と結婚なんてとんでもない。

そういえば、ジャクリーンはイブリンのことも馬鹿にしていた。彼女にイブリンを馬鹿にする権利はないし、実際、彼女にそう言った。もっとも、彼女はイブリンより自分のほうがいいと信じ込んでいるようで、アリステアの言葉を聞き流していたが。

本当に若気の至りとはいえ、よくあんな女に熱を上げていたものだ。今では信じられない。マイケルの言うとおり、イブリンは他の女性とはまったく違う。少し変わり者だし、自己主張をするが、心は純粋だ。使用人にも優しく、きっと子供を愛するいい母親にもなるだろう。ただ、どうして自分とは上手《うま》くいかないのだろう。いや、上手くいきかけていたのだが、どうしてこうなったのか、よく判らない。

遺産のことがきっかけだったのだが、あの後の自分の行動もよくなかった。とはいえ、謝ったし、それまで以上に優しくもした。それでもぎこちなさが取れないが、他にどうすればいいのだろう。

アリステアは女性の機嫌を取ったことがなかった。いつでも相手から寄ってきしたたし、甘い言葉をかければ、すぐになびいてきた。そして、向こうが何かで不機嫌になれば、すぐさま別れた。一人の女性に未練を抱いたことは今までなかったからだ。

けれども、イブリンは妻だから、別れるという選択肢はない。

いや、妻でなかったとしても、イブリンを手放すことはできなかった。だいたい、まだ結婚して間もないのだ。できることなら、二人きりで何時間も過ごしたい。けれども、彼女はそれを望んでいないようにも思えるから、無理強《むりじ》いはできなかった。

やはり新婚旅行へ出かければよかったのかもしれない。そうすれば、嫌でも二人でいなくてはいけない。二人でいれば、ぎこちなさなど簡単に消えるのではないだろうか。

それにしても、こんな女々《めめ》しいことを考えてしまう自分が嫌だ。今まで女性のことで、こんなに悩んだことはない。ジャクリーンが悪女だと気づいたときからずっと、アリステアは女性とは距離を置いて付き合っていたし、心から信じることもしなかった。

しかし、イブリンは……。

特別だ。彼女は妻なのだ。

アリステアは自分もグラスを出して、ブランデーを注いだ。

「兄さん、イブリンを大事にしたほうがいいよ」

「おまえに言われなくても判っている」

「そうかな？　イブリンの気持ちに気づいてないんじゃない？」

「イブリンの気持ちだって？　どうしておまえがそれを知っているんだ？」

アリステアは思わずじろりとマイケルを睨んでしまった。彼はイブリンをいとも簡単に笑わせていた。あれを思い出すと、どうにも腹が立ってくる。

もしかして、これは嫉妬だろうか……？

私がマイケルに嫉妬するなんて！

ムッとして、ブランデーのグラスをぐいと傾けた。

「イブリンがどうして泣いていたのか知っているからさ。彼女、兄さんとジャクリーンが仲良さげにしていることに傷ついていたんだ」

「ああ……そういえば、そのようなことも言っていたな。だが、私はジャクリーンのことは別になんとも思っていない。確かに妻としては面白くないと感じたのかもしれないが……」

マイケルは溜息をついた。

「兄さん、鈍感だなあ。僕だって気づいたのに」

「何を気づいたんだ？」

「あのさあ。イブリンは嫉妬していたんだって。それは単に浮気されたら妻として面子《めんつ》が立たないというわけじゃなくて、兄さんのことが好きなんじゃないかな？」

イブリンが私のことを好き……？

そう言われると、なんだか嬉しい。遺言のせいで結婚したが、今ではアリステアも彼女を好きになっていたからだ。

好き……？　いや、自分が彼女に抱いているのは、もっと深い感情だ。

彼女が愛しくてたまらない。彼女を傷つけるものから守りたい。そして、いつでも彼女を抱き締めていたい。

自分の弟にさえ嫉妬してしまうくらいだ。

つまり……私はイブリンを愛しているんだ！

今更ながら、それに気づいた。どうして今まで気づかなかったのだろう。嫌々ながら結婚したし、昔のイブリンのイメージが強すぎたせいだろうか。しかし、いつの間にか彼女に愛情を抱いていたのだ。

思えば、婚約披露パーティーのとき、イブリンの悪口を言う友人達に腹を立てて、屋敷から追い出したのだ。あのときすでに彼女を守りたかった。結婚式では、彼女が妻であることが誇らしくて仕方なかった。

ということは、早い段階で、どうやら彼女に夢中になっていたらしい。

「ああ……私は馬鹿だ！」

アリステアは頭を抱えた。

気づいていたなら、もっと彼女に優しくできた。もし彼女が自分に好意を抱いてくれていたなら、アリステアの不用意な言葉に傷ついていたに違いない。

つまり、彼女を泣かせたのは私なのだ……。

アリステアは胸が痛んだ。

「兄さんも馬鹿なことをするんだな」

「……たくさんしてきたさ。だが、彼女にしたことは最低なことだらけだ」

どうすれば、それを修復できるだろう。見当もつかない。いや、今からでも遅くない。平謝りをしよう。

だけど、大嫌いだと言われたばかりだ。

アリステアは神に幸運を祈りたい気分になっていた。

「私は彼女に謝ってくるから、おまえはあの連中をなんとかしろ。明日は全員出ていってもらうからな」

「ああ、判ったよ」

書斎を出て、階段を上がった。そして、イブリンの部屋の扉を叩いた。だが、返事はない。

「イブリン……入っていいか？」

「ダメ！」

彼女はまだ眠ってはいない。それに、まったく返事をしないわけではないらしい。

「謝りたいんだ。それに、話がある。大事な話だ……」

「……明日にして」

「だが……」

「明日にして。あの人達が全員帰ってから」

「判った」

　本当は今夜のうちに和解したかったのだが、確かに階下はうるさいし、彼女に愛の告白をしてもロマンティックな夜にはならないようだ。

「じゃあ、明日。おやすみ、イブリン」

「おやすみなさい……アリステア」

　挨拶はしてくれる。アリステアはそれに気をよくして、主寝室の扉を開けた。

　部屋は灯りがついていないため真っ暗だが、アリステアは扉を開けた途端、嫌な予感がした。

　誰かいる。しかも、女だ。香水の匂いがぷんぷんしている。

「……誰だ？」

　アリステアは扉を開けたまま部屋に入り、入り口近くのキャビネットの上に置いてあるランプをつけた。

　ベッドに誰か寝ている。

　長い髪。女だ。彼女は上掛けで胸を隠しながら上半身を起こして、笑いかけてきた。

「ダーリン、遅かったのね」

アリステアはぞっとした。女はジャクリーンだった。見ると、ソファの上にナイトドレスとガウンが脱ぎ捨てられている。彼女は裸でアリステアのベッドに潜り込んでいた。

あり得ない……！

吐き気がしてくる。アリステアは彼女が何を話しても上の空ではあったが、彼女をその気にさせるようなことはひと言だって言わなかった。もちろんベッドに誘った覚えもない。

「出ていってくれないか。さあ、早く」

「あら、奥様がいないんじゃ、独り寝は淋《さび》しいでしょう？　でも、あんなネズミ娘とベッドを共にする気にはなれないわよねえ」

彼女は上掛けを下ろして、自分の胸を見せつけるような真似をした。

「早く扉を閉めてちょうだい。そして、わたしを抱いて……」

なまめかしい仕草をすれば、すぐに食いつくと思われているようだ。アリステアはうんざりした。

「残念だが、君にはイブリンの半分の魅力もないよ」

「なんですって？」

「君なんか欲しいとも思わないってことだ」

ジャクリーンの目はらんらんと光っている。怒って、早く出ていってくれればいいと思ったが、彼女は上掛けを剥いで、挑発的に全身を見せた。

「ほら、本当は欲しいんでしょう？　わたしはあなたのものよ」

「冗談じゃない。出ていかないなら裸で放り出すぞ」

「やれるものなら、やってみなさいよ」

彼女はアリステアを甘く見ている。そんなことはできないと思っているのだ。自分の魅力にはよほどの自信があるらしい。

アリステアは大股でベッドへ行き、彼女に近づいた。


イブリンはアリステアが声をかけてきてくれたのに拒絶したことを後悔していた。

明日になったら話を聞こうと思っていたが、仲直りするには夜のほうがいいのではないかという気がした。

そうよ。このままにしていれば、明日また顔を合わせたときに気まずい思いをするだけよ。

それなら、今夜のうちにちゃんと話しておいたほうがいい。

イブリンはナイトテーブルの上に置いてあるランプをつけると、ベッドから出て、主寝室に繋《つな》がる扉を開けようとした。

何か話し声がするわ。

誰……？　彼の寝室に誰がいるの？

側仕えではない。彼は着替えなどの身の回りのことに側仕えを呼んだりしないのだ。

イブリンはそっと扉を開けて、信じられない光景に息を呑《の》んだ。

ベッドの上に裸のジャクリーンが横たわっている。そして、服を着たアリステアが彼女に触れようとしていた。

アリステアがはっと振り返った。

「イブリン！」

彼は慌てたようにベッドから飛びのいた。

「いや、誤解だ。彼女が勝手に寝室に忍び込んできていただけなんだ」

ジャクリーンは笑いながら、ベッドから起き上がった。

「まあ、ひどい。ちゃんと約束したのに。わたし達、旧交を温めましょうって。ね？ ダーリン？」

イブリンは半分開いた扉にすがったまま、声も出せなかった。

頭がガンガン痛む。

一体、なんなの……？

どうしてジャクリーンが裸でここにいるの？

イブリンは喜劇を見ているような気分になった。書斎での出来事とまったく反対だ。さっきはマイケルの胸で泣いていたイブリンを、アリステアが見て怒った。そして、今の目撃者はイ

ブリンだった。

わたし、怒ればいいの？　泣いたらいいのかしら？

どうして、みんなわたしを苦しめようとするの？

アリステアは脱ぎ捨てられたナイトドレスとガウンを彼女に投げつけた。

「さっさと出ていけ！」

「まあ、奥さんに見つかったからって、ひどいわね。わたしを抱きたかったくせに」

「君になど用はない。もう二度と会いたくない」

ジャクリーンは堂々とナイトドレスとガウンを身につけると、イブリンを見下すような目つきをして、寝室を出ていった。

イブリンは倒れそうなくらいショックを受けていたが、彼がこちらに近づいてくるのを見て、よろよろと後ずさって、自分の部屋の扉を閉めようとした。

「ダメだ、イブリン。あれはあの女の陰謀なんだ」

「わ、わたし……もう何もかも判らない。あの人は……」

「私を信じるんだ。彼女は勝手にベッドに入り込んでいた。出ていけと言っても出ていかないから、私はただ彼女を追い出そうとしていただけだ」

彼はいつの間にかイブリンの部屋に入ってきている。イブリンは彼を押し戻そうとした。

「向こうに行って。どうしてわたしがあなたを信じなくちゃいけないの？」

「それは……私が言ったことが真実だからだ」

彼に手を掴まれて、顔を覗き込まれる。

「信じてくれ……。あんな女の言うことを信じて、私を疎外《そがい》しないでくれ」

正直言って、イブリンは頭が混乱していて、正常な判断が下せなかった。彼の言うことを信じたい。けれども、彼はやたらジャクリーンと一緒にいて、親しげに話し込んでいた。それこそ、旧交を温めているように見えた。

「元婚約者なんでしょう?」

「違う。婚約はしていなかった」

「でも、結婚する気だった……。結婚するほど愛していた……」

「それも違う。あの頃は愛していると思っていた。だが、違う。彼女は美しかったし、その美貌に参っていただけだ」

「それが愛してるってことなんじゃないの?」

イブリンは彼の手から逃れようとしたが、しっかり手首を掴まれていて、放してくれない。

「いや……。愛しているというのは、もっと深いものなんだ。その人のことを考えるだけで胸が痛くなったり、逆に舞い上がってみたり、感情が揺れ動いて、自分の意のままにならなくて苦しいものだ。そして、愛しくて……傍にいたくて……離れがたいものなんだ」

イブリンは目を瞠《みは》った。

彼は誰かを愛しているの？

胸の奥がズキンと痛んだ。

アリステアはジャクリーンを愛しているわけではないらしい。だが、他の誰かを愛しているのだ。

誰なの？　その人はロンドンにいるの？

噂《うわさ》になったことのある女優？　それとも、オペラ歌手？

もしかして、ロンドンに愛人がいるのかしら。

イブリンは苦しかった。彼はどうしてこんなに苦しめてくるのだろう。こんな告白を聞いて、イブリンが平気でいられると思っているのだろうか？

「わ、判ったわ……。あの人のことはなんでもないのね？　それにしては、ずいぶん親しそうだったけど」

「上の空で彼女の話を聞いていただけだ。どうでもよかったから」

本当にそうだろうか。疑問に思いつつも、イブリンはそれで納得することにした。彼に愛する人がいるということがショックで、ジャクリーンなどどうでもよくなっていた。

それに、ジャクリーンがベッドにいることを知っていたなら、わざわざイブリンに謝りにはこないはずだ。扉も開いたままだったし、元恋人と浮気しようとしていたのではないのだろう。

だからといって、彼はわたしを愛しているわけではないんだし。

こうして言い訳をしてくるのは、妻としてのイブリンに利用価値がまだあるからだ。

「とにかく……もうわたしは寝るわ。おやすみなさい」

再びアリステアの胸を押しやろうとした。

「イブリン……話は終わっていない」

「まだ話すことがあるの？」

ジャクリーンが裸でベッドの中にいるのを見るまでは、ちゃんと話をしようと思っていた。しかし、今はただ一人きりになりたいだけだ。

何か忌まわしいものを見たような気がした。アリステアの言葉が真実ならば、ジャクリーンは彼に求められてもいないのに、ベッドで誘惑しようと待っていた。彼はイブリンを求めてくれているが、それはいつまで続くことなのだろう。

ひょっとしたら、わたしもいつかジャクリーンみたいなことをしてしまうかもしれないわ。だからこそ、あれほど美しいジャクリーンがとても醜悪な姿に見えたのだ。そして、それが自分の将来と重なってしまった。

彼は誰かを愛している。わたしはずっと片想《かたおも》いのままで、彼の傍に立って社交しなくてはならないの？

アリステアは嫌がるイブリンを宥《なだ》めるように抱き締めてきた。

「頼むから聞いてくれ」

彼の切実な声を聞いて、イブリンは彼の腕から逃れようとするのはやめた。よく判らないが、彼はイブリンとの仲を修復しようとしているのだ。

彼はわたしを少しは大事にしてくれているんだわ。

たったそれだけで胸が温かくなる自分が憐れだ。

「何を……聞けばいいの？」

「さっきのことだ……。私はマイケルのことで君を疑った。あれを謝りたい。君はジャクリーンとのことを嫉妬して泣いていたんだと、マイケルが言っていたが、本当のことなのか？」

イブリンは急に情けなくなった。マイケルは彼に何を言ったのだろう。ジャクリーンに嫉妬しているなら、彼も気づくだろう。イブリンが彼を愛していることを。

「馬鹿みたいよね……。でも、嫌なの。わたしはあなたの妻なのだし、目の前で過剰に仲良くされたら……」

「目の前でなければいいのか？」

彼は何かを探るように尋ねてきた。

もちろん、目の前であろうがなかろうが、彼はわたしのものだと言いたかった。けれども、言えない。

言ったら、彼はきっとイブリンの気持ちに気づく。そうしたら、これから先、彼はイブリンによそよそしくなってしまうかもしれない。

そんな結婚をしたつもりはない、とか……。

冷たくそう言われたら、今度は一人で泣くだけでは済まない。彼と顔を合わせることすらできなくなってしまいそうだった。

だから、嘘をつくことにした。

イブリンは息を吸い、それからなんとか平気そうな声を出した。

「……そうよ。目の前でなければいいわ」

彼はそれを聞いた途端、抱き締めていた腕の力を緩めた。

「そうか……」

彼はそう言ったきり、手を放して、後ずさりをする。

わたし、何か間違ったことを言ったのかしら。

イブリンは強烈に不安になってきた。彼はイブリンの答えが気に食わないみたいだ。けれども、どう答えればよかったのだろう。

「あの……アリステア」

「今は騒いでいる連中も明日には出ていくだろう。だから、今夜は安心して、ゆっくり休むといい」

彼が遠くなっていく。

イブリンはどうしていいか判らなかった。

「おやすみ、イブリン」

「あ、あなたはどうするの……?」

「陛下を見てくる。マイケルに任せてきたが、心許《こころもと》ないからな。じゃあ」

彼はとうとう部屋を出ていってしまった。

遠ざかる足音が聞こえる。

もしかしたら、わたし、取り返しのつかないことを言ったのかしら。

イブリンはナイトドレス姿のまま、震えながら立ち尽くしていた。

第五章　仮面舞踏会の夜

翌朝遅く、イブリンは嫌々ながら朝食室へ向かった。

客がいるから挨拶をしなくてはならない。中でも顔を合わせたくないのはジャクリーンだった。彼女はあれだけアリステアに拒絶されたのだし、ある意味、気の毒かもしれないが、自分の夫のベッドに忍び込もうとしていたのはやはり許せない。

だけど、イブリンが自分の部屋に閉じこもったりせず、主寝室で寝ていれば、あんなことは絶対に起きなかったはずだ。

そう考えると、彼女はよくも堂々と主寝室のベッドで裸に横たわろうと思ったものだ。つまり、彼女はアリステアがイブリンとベッドを共にしていないと勝手に思い込んだらしい。これはイブリンに対する侮辱だ。

どうしていつまでもわたしはこんなに馬鹿にされ続けなくてはならないの？

その原因がアリステアだと思うと、腹が立って仕方なかった。

朝食室には人がいなかった。客は夜遅くまで騒いでいたので、まだ起きていないのだろうか。

イブリンは早く寝ていたから早起きしたものの、客と同じように遅くまで起きていた使用人を早く起こすのも申し訳なくて、しばらく部屋で読書をしていたのだ。

朝食を食べていると、少しずつ客が現れる。みんな眠そうにしていて、中にはかなり不機嫌そうな顔をしている者もいた。ジャクリーンはイブリンを見て、ツンと顔を背けた。イブリンも彼女には声をかけようとも思わない。

ロンドンの社交界でまた会うことがあっても、お互い無視をすることになるだろう。

やがて、アリステアが現れた。

あまり寝ていないような顔で、たった一晩でやつれているようにも見えた。思わず声をかけると、彼はイブリンを見て、薄っすらと微笑《ほほえ》んだ。

「おはよう」

「……おはよう、アリステア」

二人の間にまた溝ができてしまった。イブリンは彼に愛する人がいるのだと判《わか》ったことがショックだった。そして、アリステアはイブリンの何かが気に食わず、距離を置いているのだ。

やはり、このままではいけないだろう。昨夜のイブリンは少し感情的になっていたし、頭も混乱していたが、朝になってから余計にそう思う。

とにかく彼と話すにしても、客が帰ってからだ。

午後になり、客はかなり不満だったようだが、マイケルが取り成して、みんなを帰すことに成功した。ジャクリーンはまだアリステアに未練があるようで、魅力を振りまいて帰っていく。最後にマイケル自身も旅立っていった。

マイケルは昨夜あれからアリステアと話す機会があったらしく、仲直りしていた。そして、ロンドンではなく、自分が相続した土地へ向かうらしく、アリステアへの敵意を失《な》くしていたのか、すっきりした顔をしていた。

マイケルが客を連れてきて、かなり迷惑だったが、兄弟の仲が上手《うま》くいったのなら、客を受け入れてもてなした甲斐があったというものだ。

マイケルを見送ったときには、もうお茶の時間になっていた。

イブリンはアリステアと話をしようと、声をかけた。

「これから一緒にお茶でも飲まない？」

「……いや、私は仕事があるから。よかったら祖母を誘ってあげてくれないか？　客が来てから、ずっと部屋に閉じこもったままだから」

「ああ……そうね。じゃあ、そうするわ」

なんとなく避けられている気がする。イブリンは悲しかったが、彼にすがりつくのはみっともない。それに、とにかくイブリンは彼に嫌われたくなかった。

アリステアの祖母の部屋へいき、ご機嫌を伺った。屋敷は客が帰った後の掃除を始めていたので、そのまま彼女の部屋にお茶とお菓子を持ってきてもらい、一緒にお茶を飲んだ。

「まったくマイケルはなんのつもりで友達を大勢連れて、やってきたのかしら」

彼女にとって、マイケルも大切な孫の一人だろう。イブリンは彼がそうした理由を知っていたが、彼女にはわざわざ話したくなかった。アリステアに遺産のことで嫌がらせがしたかったなんて聞いたら、ショックを受けるかもしれない。

それとも、マイケルがそういう孫だということくらい、彼女も知っているだろうか。

「あの……判りませんけど、アリステアが昨夜マイケルと話したみたいで、彼も今までのような生活をしていてはいけないと考えたみたいです。お父様から相続した土地のほうへ旅立っていきましたし……」

祖母は大きく溜息をついた。

「あの子は甘やかされすぎたわ」

「末っ子ですしね」

「それだけではないのよ。ジョージに似ていたものだから、両親がつい……」

「ジョージって？」

聞いたことがあるような気もするが、思い出せなかった。

「アリステアに兄がいたことは知らないの？」

「ああ、知ってます！　では、ジョージが亡くなったお兄様なんですね。そして、マイケルは……」

「そう。マイケルはジョージが亡くなったすぐ後に生まれてきたのよ。ジョージと似ているから、マイケルもすぐ死ぬんじゃないかと思ったんでしょうね。もう、真綿で包むように大切に育てられたの。だけど、それがよくなかったみたいだわ」

アリステアとマイケルは同じように遊び歩いていた時期があったわけだが、性格は全然違う。マイケルは目的もなくただ楽しいことをしたいだけだった。アリステアは遊んではいたが、結婚してみて、実はとても真面目で、優しいところもあることを知った。

二人のそんな違いは、両親の育て方に違いがあったのだろう。

「アリステアは逆にジョージと比べられてばかりいたわ。ジョージは責任感が強く、真面目で優しく、勉強がよくできたの。ずいぶん堅苦しかったけれどね。アリステアはまだやんちゃな子供だったのに、ジョージのような人間になるように期待されて……。わたしも何度か注意したものだけど、両親はジョージを失った悲しみをそうして癒《いや》すことしかできなかったみたいなの」

「そんな……。アリステアが可哀想だわ」

祖母は大きく頷《うなず》いた。

「アリステアが大人になってから遊び回っていると聞いたけれど、ジョージのようになろうとした反動だったのかもしれないわね。もちろん伯爵になってからは、ちゃんと義務を果たす人間に変わったのよ」

「そうですね……。昔の彼とは違うみたい」

もちろんいい方向に変わっているようだ。父が亡くなってほぼ一年間、彼はこの屋敷にいて、昔の友人達とは会ってもいなかった。その間に伯爵として義務を遂行しようとして、遺産を受け取るためにイブリンとの結婚を決めたのだ。

イブリンが最初に恋したのは、ジョージになろうとしていたアリステアだったのだろうか。とても真面目で優しく、幼いイブリンの目にはまさに理想の王子様みたいに見えていた。そして、イブリンが社交界にデビューしたときには、彼は遊び回り、美女と浮名を流す人間になっていて、恋心は打ち砕かれた。

イブリンが再び恋したのは、第三のアリステアだった。つまり、今の彼は本当の彼だということになるだろうか。

真面目で優しいが、決して堅苦しくはない。茶目《ちゃめ》っ気《け》もあるし、責任感はあるものの、自由奔放なときの面影もあった。子供のときと大人になってからの二人のアリステアが融合して、新しくなった感じがする。

わたしは今のアリステアを愛している……。

「だから、マイケルもアリステアみたいに、いい方向へ変わってくれるといいんだけど」

祖母はやはり孫を心配するものなのだ。マイケルがいい加減で遊んでばかりでも、いつか立派な人間になってくれると信じたいものなのだろう。

「アリステアができたことだから、マイケルだってできますよ」

確信はなかったが、イブリンは祖母を元気づけるためにそう言った。


アリステアは夕食を摂《と》った後も書斎に閉じこもってしまった。

イブリンは話すこともできず、モヤモヤとした気持ちを抱いたまま自分の部屋に戻った。キャリーを呼んで、寝支度を終えたイブリンはふと考えた。

わたし、今夜はどこで眠ればいいの？

今までは彼と一緒に主寝室のベッドで寝ていた。そもそも、彼は夜に仕事と称して書斎に閉じこもることはなかったから、ごく自然に彼に主寝室に連れていかれ、ベッドを共にしたのだ。ドレスを脱がせるのも彼の役目だった。

しかし、こうして自分の部屋で着替えてしまうと、主寝室に行きにくい。昨夜、ジャクリーンがベッドに潜り込んだ挙句、冷たい言葉で追い出されたことを思い出す。まさか妻に対して出ていけとは言わないと思うのだが、似たような言葉をかけられるのは嫌だった。

ジャクリーンは平気そうな顔をしていたけれど、イブリンは絶対傷ついてしまう。彼を愛しているからだ。愛する人から自分の部屋に戻れとは言われたくない。

もし、彼がわたしを抱きたいと思うなら、彼のほうからきっと来てくれるわ。

そう思いつつ、ベッドに潜り込んだ。彼が書斎から戻ってこないか、本を読みながらずっと待っていると、彼の足音が聞こえてきた。

彼は一瞬イブリンの部屋の前で立ち止まった。しかし、主寝室に入っていく。扉が閉まる音がして、イブリンは耳を澄ました。

でも、彼がこちらの部屋に来る様子は全然なくて……。

どうすればいいの？　この溝は埋まらないの？

イブリンは途方に暮れた。彼はイブリンに話す機会もくれない。しかし、昨夜のイブリンもそんなふうに彼をはねつけたのだ。彼を非難できない。

いっそのこと、自分から主寝室へ行こうかと思ったが、やはり昨夜のことが頭にちらついてしまう。

明日になったら、彼も少し落ち着いているかもしれない。明日こそ、彼と話そう。何か誤解されているかもしれないから、それを正そう。

そう。明日になったら……。

イブリンは本を閉じ、ランプの灯りを消した。

そして、目を閉じて、明るい明日の夢を見た。

翌朝になり、イブリンは大きなショックを受けた。

申し訳なさそうな顔をした執事に、アリステアが朝一番でロンドンへ旅立っていったことを知らされたのだ。

「ど、どうして？　昨日は何も聞いてないわ。ロンドンに行くなんて……」

それも一人でだ。どうしてイブリンを連れていかなかったのだろう。

「急な仕事だそうです。奥様には、ご自分が帰られるまでここで待つようにと」

「彼はいつ帰るの？」

執事は困り顔で首を振った。

「それは判りません」

イブリンは溜息をついた。

仕事は恐らく口実だ。イブリンとの仲が上手くいかなくなったから、彼は話し合うこともせずに逃げ出してしまった。

そうとしか思えない。

でも、どうして……？　どうして逃げてしまったの？

わたしの顔も見たくなくなったの？

イブリンはショックを受け、食欲もなくなっていた。しかし、朝食を食べないなんてことはしたくない。料理番がせっかく作ってくれたのだから無理やり食べて、それからずっと庭を散歩した。

乗馬は苦手だから、歩くしかないのだ。歩いているうちに庭の花が目に入り、爽やかな風の香りを嗅《か》いで、リラックスできるだろう。だが、歩けば歩くほど、落ち込んでいくばかりだった。

彼が離れていった直接の原因は、イブリンの言動の何かが彼には気に食わなかったからだ。だが、それ以上に、彼はもうイブリンに飽きたのかもしれない。ここへ来て、彼はイブリンを貪《むさぼ》るように何度も抱いていた。イブリンは大して美しくもないし、これといって特徴もない。ジャクリーンみたいな美女を見たら、ロンドンが懐かしくなり、結婚したこと自体、後悔してもおかしくなかった。

だとしたら、彼はロンドンへ出かけたのは、また適度に遊ぶためかもしれない。それとも、彼が愛している誰かのところへ向かったのかも……。

ああ、それは一体誰なの？

イブリンは顔も素性も判らない彼女の存在を強く意識していた。

噴水近くのベンチに腰かけ、あれこれと考えていると、付き添いの女性と共に祖母がこちらへやってくるのが見えた。

「イブリン……。ずいぶん元気がなさそうね」

「はい……」

彼女はイブリンの隣に腰かけると、付き添いの女性に屋敷へ帰るように促した。

「あの……お祖母様《ばあ》、わたしは大丈夫ですわ」

「あら、あなたを心配していると、わたし、言ったかしら？」

「……いいえ。でも……」

「わたしはあなたとアリステアのことを心配しているの」

イブリンは一瞬言葉が出なかった。彼女がいるところでは、イブリンもアリステアも二人の間には何も問題がないように振る舞っていたというのに、勘づかれていたのだ。

「わたしは責任を感じているのよ。最初、あなたに余計なことまで教えてしまって、喧嘩《けんか》みたいになったでしょう？　あれが尾を引いているんじゃないかと思うんだけど」

彼女は鋭かった。しかし、それを認めるわけにはいかない。できれば彼女にショックを与えたくないからだ。

「そうじゃないんです。あの……」

「ああ、やっぱりわたしのせいなんだわ！」

「いいえ、そうじゃなくて……。わたしは彼のことを愛しているけれど、彼は他に愛している人がいるんです！」

彼女のせいだと思ってもらいたくない一心で、思わず本当のことを告げてしまった。イブリンは言った後、すぐに後悔した。

「あの……今のは聞かなかったことにしておいてください。お祖母様の胸の中に仕舞っておいて」

「仕舞っておいてあげるから、正直に何もかも話しなさい。アリステアは父親の遺言があるからと言って、あなたにプロポーズしたんでしょう?」

「遺産のことまでは聞いてませんでしたけど」

「それで? あなたはどう思ったの? そもそも、アリステアのことをどう思っていたの?」

次々に質問されていき、イブリンは気がついたらすべて告白させられていた。

子供の頃から憧れていたこと。社交界でのデビューしたときのネズミ発言。いきなりのプロポーズに、結婚することになった経緯を話した。

「そんなふうに結婚したけれど、あなたはあの子を愛するようになったのね?」

イブリンは頷いた。

「強引で呆《あき》れるようなことも言い出すけど……素晴らしい人です。この屋敷に来て、特にそう感じるようになりました。彼は多くの人に優しくて、伯爵として責任を負っていて……」

彼の祖母はにっこり微笑んだ。

「そうなの。あの子は真面目で優しいの。元から伯爵としてやっていける資質を持っていたのよ」

それは昨日の話の続きだ。彼はジョージと比較されなくても、最初からちゃんと立派にやれる素質があったのだ。

「わたしが何かよくないことを言って、彼を怒らせたんじゃないかしら。だから、彼はわたしなんかに飽きたか嫌いになって、きっとロンドンにいる誰かに会いにいったんじゃ……」

「それはありませんよ」

祖母はぴしりと否定した。

「でも……」

「あの子は結婚しているのに、浮気なんかしないわ。イブリン、あなたはまだまだあの子のことを学ぶ必要があるようね」

そうは言われたものの、彼が浮気しないと断言できるような自信はなかった。何より、彼には美しい女性がいくらでも寄ってくるからだ。

「あの子はね……あなたが思う以上にあなたのことが好きよ」

彼女は自信ありげに行った。

「そうでしょうか」

「そうですよ。もっと信じなくては。あの子は子供の頃に受けた心の傷があって、そこがまだ完全に癒《い》えていないから、上手く自分の気持ちを話せなかったりするんですよ。本当の自分を隠したいから……」

イブリンは頷いた。彼にそういうところがあるのは認める。イブリンも彼に本当の気持ちを言えずにいた。嫌われるのが怖くて。

ひょっとしたら、彼も……同じなの？

わたしに嫌われるから、言い出せないのかしら。

ネズミみたいだと言われたことに、ずっとこだわっていた。傷つけられた思い出があったから、もう二度と傷つけられたくないと思ったのだ。だから、絶対に自分から好きだとは言えないし、それを気取られないようにしていた。

でも、彼も子供の頃に同じような思いをしていたら……？

兄が亡くなり、兄と比較され続けて、兄のようになろうと努力していても、それを受け入れてもらえなかったら……？

彼もまた両親に愛情を求めて、はねつけられたとしたら、誰にも愛しているとは言えなかったかもしれない。

アリステアは愛というものについて熱を込めて話した。あれはイブリンではなく、他の誰かについて言ったのだと思っていた。そうでなく、イブリンに向けて話していたのだろうか。

だったら……。

わたし、大変な間違いをしていたことになるわ！

目の前でなければ浮気してもいいなんて、心にもないことを言ってしまった。もし愛している相手からそんなことを言われたら、どんな気持ちになるだろう。

イブリンはあのときの彼の強張《こわば》った表情を思い出した。

「わたし……彼に謝らなくては。でも……彼はロンドンに行ってしまった」

「追いかけていくのよ！」

彼の祖母は力強く言った。

「追いかけて……？　彼はここで帰ってくるのを待つようにと言ったわ。それに、やはりロンドンに誰か愛している人がいるのかもしれない……」

「イブリン、わたしを信じなさいな」

彼女はイブリンの手を強く握った。

「あの子を幸せにできるのはあなただけよ。あなた達を縛っているもの……遺言による結婚だとかを全部取り除いてみて、初めて出会った男女のように素直にお互い自分のことを話してごらんなさい」

そうだ。自分達は彼の亡くなった父親に支配されるように結婚に踏み切らねばならなかった。彼もイブリンも急いで結婚したが、それが間違いだったのだ。

時間をかけて……すべてのわだかまりを解いた上で結婚すべきだったのだ。

わたし達、二人ともずっと素直じゃなかったわ。

少なくとも、イブリンは苛《いじ》められたこともあり、本心を隠すことが得意になっていた。けれども、彼を愛しているから、もう本心を隠すことはできない。だからこそ、ここへ来て、地獄の苦しみを味わったのだ。

素直に……。もう一度……。

イブリンはすっくと立ち上がった。そして、彼の祖母のほうを振り向く。

「わたし、ロンドンへ行きます」

どんな手を使ってでも、彼を取り戻さなくてはいけない。

「必ずあの子と幸せになりなさい。夫を独りぼっちにしてはいけませんよ」

彼の祖母はそう言って、微笑んだ。


ロンドンへ戻ったイブリンは、ドキドキしながらフェアフィールド邸の扉を叩いた。執事が扉を開き、驚いた顔をする。

「奥様！　まさかこちらへお戻りとは……」

「彼を驚かせようと思って、黙って来たの。伯爵はいるかしら？」

「はあ……。ご在宅ですが」

そんなやり取りをしていると、書斎のほうからアリステアがやってきた。

「イブリン！　どうしたんだ？　向こうで何かあったのか？」

向こうで帰りを待つように指示したはずなのに、イブリンが予告もなしに現れたので、彼はてっきり何かとんでもないことが起こったと思ったらしい。

「いいえ。あなたに会いたくて来ただけ」

「なんだって？　祖母をほったらかして来たのか？」

彼は眉をひそめている。

「お祖母様には逆にお叱りを受けたわ。あなたを独りにしてはいけないと」

彼の祖母と話したことの一部を明かすと、途端に彼はムッとした表情になる。

「私はもう子供ではないのに。……まあいい。ここまで来るのは疲れただろう？　早く風呂にでも入って、ゆっくりするといい。私はこれから用があるから外出しなくては」

「いつお帰りになるの？」

「……用が終われば……。だが、いつ戻るか判らない。夕食は先に食べて、もう寝るといい」

どうも用があるというのは嘘《うそ》のような気がする。彼は逃げようとしているのだろうか。だが、領地の屋敷で彼が話そうとさんざん言っていたのに、イブリンも口実を使って逃げようとしていたのだ。彼ばかりを責められない。

まず、彼に信頼してもらえるようにならなくてはいけない。何日かかってもいいから、そのためなら努力しよう。

結婚したとき、彼の心を勝ち取れるように努力しようと思っていた。遺産のことを知り、彼に愛される機会もないと落ち込んだ末に、その努力も放棄するようになっていた。だが、もし彼の祖母の言うとおりなら、イブリンにはまだチャンスが残されている。

これが最後のチャンスなのだ。必ず彼に心を開いてもらえるように努力しよう。

そうすることで、みんなが幸せになる。わたしも彼も、彼のお祖母様もわたしのお父様も。

そして、やがて生まれるわたし達の子供達も。

だから、イブリンは今すぐ無理強《むりじ》いするのはよくないと思った。もう少し彼の心を理解できるようになりたいとも思っていたからだ。

イブリンはにっこり笑った。

「そうなの？　じゃあ、気をつけて行ってらっしゃい」

「え……ああ」

彼はイブリンが反論すると思っていたのか身構えていたが、拍子抜けしたような顔になる。

「わたしの大切な旦那様」

イブリンは背伸びをして、彼の頬にキスをした。

呆然《ぼうぜん》としている彼の顔を見て微笑むと、キャリーを連れて階段を上がっていく。

わたしの努力が実を結びますように。

イブリンは彼の祖母の言葉だけが頼りだった。何度もネズミにたとえられた自分なんかが彼と幸せになれるわけがないと思ったが、祖母は自分を決して卑下《ひげ》してはいけないと教えてくれた。

これが第一歩だ。イブリンは彼を取り戻すための戦いを始めた。

けれども、三日経《た》ってもほとんど話をする機会もない。主寝室で彼がベッドに入るのを待っていても、彼は書斎などで寝ようとするので、仕方なく自分の部屋で寝ることにした。何も彼を睡眠不足にしたいわけではないからだ。

何かいい方法がないか考えているときに、執事が一通の手紙を持ってきた。アリステア宛てではなく、フェアフィールド夫妻宛てなので、イブリンのところに持ってきたのだった。

「侯爵様から……？」

もちろんイブリンの知り合いではなく、アリステアの知り合いだ。婚約披露のパーティーにも来ていたから、イブリンも一応、顔見知りということになる。

確か、社交界で大きな権力を持っていると聞いている。アリステアは侯爵夫妻を大切にもてなしていた。

中を開けると、仮面舞踏会の招待状が入っている。

仮面舞踏会……。

イブリンは昔の思い出が甦《よみがえ》ってきた。顔を隠すと、誰だか判らないので、イブリンもけっこう楽しめたものだった。仮装もできたから、そのときだけは父もいつもの格好をしろとは言わなかったのだ。

もっとも、午前零時になり、仮面を外すときには、イブリンはそっと脱け出していた。イブリンだとばれたら、何を言われるか判らないからだ。過去も未来もない謎の女性のままでいたかった。

過去も未来もない……。

つまり、何ものにも縛られない男女になれる時間がやってくるということだ。

イブリンはすぐさま侯爵にお礼の手紙を出し、出席することを伝えた。アリステアは怒るかもしれないが、後から侯爵に断りの手紙を出せば、失礼になる。よほどのことがなければ、欠席はできない。

わたし、この仮面舞踏会に賭《か》けるわ！

イブリンはどんな衣装を着たらいいか、すぐさま頭を巡らせた。


仮面舞踏会の日になり、アリステアは祖母がわざわざ送りつけてきた衣装を見て、ぶつぶつと文句を言った。

「お祖母さんもどうしてこんなものを着ろと言ってきたのやら」

添付してある手紙によると、イブリンにアリステアの衣装の相談を受け、これを送ることにしたのだという。それはアリステアの祖父が仮面舞踏会のときに身につけた古い衣装一式で、時代がかった仮装用衣装だった。

祖母はその仮面舞踏会で祖父と知り合い、恋に落ちたという。本当かどうか怪しい話だが、祖母がそんな作り話をする理由もないだろう。

そもそも、独身の頃ならいざ知らず、今、仮面舞踏会などにときめきを感じることはない。アリステアが欲しいのはイブリンだけだからだ。だが、招待状が届いたとき、何故《なぜ》だか彼女は勝手に招待を受けてしまったのだ。

とはいえ、ひょっとしたらイブリンは仮面舞踏会に出席したことがないのかもしれない。彼女が父親に強制されたいつもの格好で現れれば、いくら仮面をつけたとしても、みんなの笑い者になっていただろうから。

アリステアの胸に後悔が過ぎる。自分が彼女にかけた言葉が一人歩きしてしまい、本当に彼女に迷惑をかけてしまった。彼女がやっと自分に自信を持ちかけているのだから、いくらこんな舞踏会に興味が湧かないとはいえ、行かないという選択肢はない。

そうだ。それくらいは楽しませてやらなければ……。

イブリンが領地からロンドンへやってきたときには驚いた。しかし、元々、イブリンと距離を置いた上で心の整理をつけたかったアリステアにとっては困ったことだった。彼女にとって、自分は浮気しようが何しようが目の前でなければどうでもいい存在なのだと知って、アリステアは落ち込んだが、今までの自分の彼女に対する態度を考えれば、それも仕方ないと思う。同じ屋敷に住みながら、なんとか彼女を避けつつ、いろいろ考えたが、やはりどうしても彼女が欲しかった。

身体だけではない。彼女の心がどうしても欲しい。

本当のことを言えば、自分だけが彼女を求めているのはつらいことだ。努力しても、振り向いてくれなかったら、心が傷つく。アリステアは子供時代の親の仕打ちを思い出し、及び腰になっていた。

けれども、このままではいけない。

この仮面舞踏会はいい機会かもしれない。祖母は二人の距離が開いていることを薄々気づいているから、この祖父の衣装を送ってくれたのだと思いたかった。

つまり、仮面舞踏会でイブリンが私と恋に落ちてくれたら……。

今夜の舞踏会には、みんなが仮面をつけ、仮装をしてくる。誰が誰だか判らない。その中から、イブリンを見つけることができるだろうか。

彼女はわざとなのか、今夜は父親の家に戻っている。そこから舞踏会が開かれる侯爵邸へ向かうと言っているのだ。

つまり、互いの衣装は判らない。ひょっとしたら、イブリンはアリステアの衣装について、祖母から聞いているかもしれないが。

果たして彼女を見つけられるのか……。

いや、見つかるはずだ。なんといっても、彼女は私の妻なのだから。

アリステアは黒っぽい衣装を身につけ、黒い豪華なマントをつける。腰の細いベルトには剣を差し、膝までのブーツを履く。祖父の時代の服装ではなく、もっと古い時代のものだ。先祖の肖像画を思い出すと、二百年ほど前のイメージなのかもしれない。

それに黒い長髪のかつらをつけて、黒い大きな帽子をかぶり、飾りのついた黒い仮面をかぶる。鏡を見ても、自分が誰なのか判らないくらいだ。

だが、それだからこそ、イブリンに近づけるチャンスだ。自分とは判らないように近づき、彼女に恋をさせる。

そんなことが可能なのかどうか判らない。しかし、仮面舞踏会という特殊な世界では、可能かもしれない。

今夜こそ、彼女に愛していることを告げよう。

そして……。

今夜こそ、彼女の身も心も我がものとしたい。

アリステアはそう決心していた。

イブリンはアリステアの祖母から送られてきたドレスを身につけていた。

彼女がその昔、仮面舞踏会で身につけた衣装で、そのとき夫となる伯爵と恋に落ちたのだという。二人の恋にあやかって、イブリンはなんとかアリステアの心を自分のものにしたかった。

彼が愛してくれているのかどうか判らないけれど……。

彼の祖母が言ったことを信じたかった。そうでなくても、このドレスを着ていたら、恋が実るかもしれない。

イブリンが身につけているのは、古めかしいが豪華なドレスだ。胸元が呆れるくらい大きく開いていて、少し恥ずかしい。けれども、今夜は仮面をつけているから、誰もイブリンだと判らないだろう。何しろ、金髪のかつらまでつけているからだ。

会場となる侯爵邸に着くと、思い思いの格好をした男女が楽しそうにしていた。イブリンはその輪に加わることなく、アリステアを捜した。

ギリシャ神話に出てくるような大胆な格好をした女性もいる。フランスの王様みたいな仮装の男性がいたり、ヤギ飼いや農婦の格好をした人もいた。

イブリンの予想では、アリステアはどんな仮装をしていたとしても、とても素敵に見えるに違いない。そう思って、辺りを見回していると、中世の騎士のような男性がダンスに誘ってくる。だが、アリステアとは声が違う。差し出された手も違う。

「ごめんなさい。先約があって……」

他の誰かとダンスをしている場合ではない。アリステアを捜して、このドレスで彼の心を虜《とりこ》にしなければ、彼は他の女性とダンスをしてしまうかもしれない。

今夜しかチャンスがないわけではない。しかし、今夜だけが彼を魔法にかけられる気がするのだ。

今夜だけ、わたしはイブリンではなく、彼はアリステアではない。

互いに相手のことを知らずに、恋に落ちる……。

イブリンにはそのことしか頭になかった。

大広間に黒っぽい服装の男性が現れた。誰かを捜しているかのように、辺りを見回している。

アリステアだわ……！

髪の色は違うが、確かにそうだ。イブリンは人込みをかき分けて、彼に向かっていった。

だが、途中で背中に羽らしきものをつけた男性とぶつかった。

「何するんだ！　やあ、綺麗《きれい》なレディーじゃないか。踊ってくれよ」

「ごめんなさい。わたし、急いでいるので……」

「まあまあ。そう言わずに……」

相手は酔っているのか、しつこい。アリステアのほうへ行きたいのに、彼は手を握って、放さなかった。

すっと横から誰かの手が酔っ払いの手首を掴《つか》んで、イブリンから引き剥がした。

「この美しい女性は私と踊る約束をしているんだ」

この声は……。

イブリンは傍《かたわ》らに立つ男性を見上げた。白い大きな襟に黒っぽい衣装を着て、黒いマントをつけている。おまけに黒い大きな帽子をかぶり、黒髪のかつらと仮面をつけているから判りにくいが、確かにアリステアだった。

彼はわたしだと判っていて、助けてくれたの？　それとも……？

イブリンはドキドキしながら、彼に見蕩《みと》れた。やはりどんな仮装をしていようと、彼は素敵だった。

イブリンに絡んでいた酔っ払いはどこかへ行った。彼は帽子を取ると、衣装に似合いの時代がかった大げさな仕草でイブリンに頭を下げる。

「美しい貴婦人、私と踊っていただけませんか？」

手を差し出され、イブリンは迷うことなくその手を取った。

「喜んでお受けします」

楽団が演奏する音楽に合わせて、二人は踊り始める。まるで夢の世界のようだった。二人も今夜は別人で、見知らぬ者同士が出会ったのだと思えた。

ただ、イブリンは彼のことが判っているが、彼はイブリンだと判っているのだろうか。

疑問に思いつつも、彼が話しかけてくることに耳を傾けた。

「あなたの髪の色は美しいけれど、それは本当の髪ですか？」

「さあ……どちらだと思います？」

彼はいつもの彼とは違い、ゾクゾクするような低く甘い声で囁《ささや》く。

「たとえその髪が本物でなくても、あなたの魅力は損《そこ》なわれることはないと思います」

「どうもありがとう。あなたの髪は本物？」

彼はクスッと笑った。

「こんな長い髪の男は、最近あまりいない気がします」

「あら……本当。本物の髪だったら、すぐに正体がばれてしまいますね」

イブリンはなんだかとても楽しい気分になってきていた。

もし初めて彼と舞踏会で出会ったとしたら……。そして、父と叔母が普通の娘のようなドレスを着せてくれていたとしたら、彼との出会いはこんな気軽な会話から始まったかもしれない。

遺産だの……遺言だの、二人の間には余計なものが横たわっていた。今、それらが綺麗になくなって、素《す》の二人でいるように思う。

それなのに、今、時代がかった衣装を着ているのだから、なんだかおかしい。

イブリンが笑うと、彼もそれに合わせたように笑った。

「何がおかしいんですか？」

彼の問いに、イブリンは笑いながら答える。

「あなたこそ。わたしは自分でない誰かになれたことが楽しいんです」

「私も同じです。だから、今夜を生涯忘れないものにしたい。そう思っています」

今夜を生涯忘れないものにしたい……。

それは相手がわたしだからかしら？

「わたしも……生涯忘れないものにしたい」

目と目が仮面越しに合う。

そのとき、イブリンには判った。彼が今、イブリンと同じ気持ちでここにいることに。

いや、彼はこのためにこの仮面舞踏会に来たのだ。

音楽が止まると、彼はイブリンの背中に手を当てて、当然のようにテラスへと誘った。楽団の音楽から遠ざかり、少し静かになる。もっとも、テラスには何人もの男女がいる。

「あなたのドレス、とても似合っていますね」

「ありがとう……」

イブリンは思いきって少し踏み込んでみた。

「仮面舞踏会に出るのにどんな衣装を着たらいいか相談したら……田舎の祖母が送ってきてくれたんです。昔、祖母自身が着たものなんですって」

「奇遇ですね。私の祖母も衣装を送ってきたんですよ。これを着ろと。もちろん、祖母ではなく、祖父が独身の頃に着たものですが」

「お祖母様は旦那様が着た衣装を今も大切に取っておいたんですね」

「二人の思い出らしい。仮面舞踏会で出会って、二人は恋に落ち、結婚に至った……」

彼はそっとイブリンの肩を抱き寄せた。

「ロマンティックなお話ですね」

「私の祖父母のように、私達も……恋に落ちたらいいと思いませんか？」

「……ええ」

静かな声で頷くと、彼はイブリンの手を握った。

「少し歩きましょう」

イブリンはそれに同意し、テラスから庭へと下りていく。貴族であってもロンドンに持っている屋敷は狭いことがあるが、この屋敷の庭はゆっくり散歩できるくらい広かった。

今夜は満月で、庭も決して真っ暗ではない。風もそよぐくらいで、とても気持ちのいい夜だ。

「私の話を聞いてくれますか？　若い頃の懺悔《ざんげ》です」

「懺悔？　ええ、もちろん。あなたの話すことはなんでも聞きたいです」

彼は少し躊躇《ためら》ってから、話し始めた。

「ある女の子のことです。彼女の父親と私の父は仲が良く、私はその女の子が生まれたときに、おまえの花嫁だと言われました。私はまさか父が本気だとは思っていませんでした。何しろ相手は赤ん坊だったたから。そうでしょう？」

イブリンは頷いた。彼がそんなことを言われて戸惑うさまが浮かぶ。当時、彼は両親に兄と比較され続け、兄のようになろうと努力していた最中だったはずだ。

「私は大人になり、ある女性に恋をしました」

イブリンの胸はズキンと痛んだ。その女性こそジャクリーンだからだ。

「美しい未亡人で……思えば手玉に取られていたのかもしれない。相手はもちろん結婚を求めました。私も彼女と結婚したいと思い、父に打ち明けたところ、激怒されました。婚約者がいるではないかと。私はまさかその女の子が本当に自分の婚約者だとは思っていませんでしたから、驚きました。しかし、それまで父の跡継ぎになるために努力してきたというのに、反対を押し切って未亡人と結婚できない。迷っていると、未亡人のほうは私を嫉妬させるために、わざと別の男性に近づき、それを自慢したんです」

「ま、まあ……それはひどい……」

ジャクリーンはそういう女性だったのだ。てっきり父親に引き裂かれたのだと思っていたが、違っていたようだ。そういう仕打ちをされた彼がジャクリーンを今でも愛しているはずがなかったのだ。

「私の恋は急激に冷めました。けれども、同時に父の言いなりになる自分に嫌悪の気持ちが募《つの》り、私はそれまでとは逆に遊び回りました。そして、いよいよ社交界に婚約者と言われた女の子がデビューして……。彼女はキラキラした目をしていたけれど、父親の言われるままに変なドレスを着ていて、可哀想だと思いました。でも、優しい言葉をかけて、彼女をその気にはできなかった。いや、結婚したくなかったから……彼女に嫌われたかったから、思いっきりひどいことを言ってしまったんです。『ネズミ』みたいだと……」

あのときの彼の気持ちはそうだったのか。イブリンはやっと理解できた。彼はイブリンを遠ざけたいばかりに、わざと傷つける言葉を口にしたのだ。二度と自分に近づかないように。二度と結婚など望まないように。

そういえば、以前、彼はイブリンが結婚の約束について知っていると思い込んでいたことを思い出した。だから、彼はイブリンに嫌われる必要があると考えたのだ。

「彼女を傷つけたことで後味が悪かった。だけど、彼女が『ネズミ娘』とあだ名をつけられて、笑い者にされていたことを知ったとき……本当に後悔しました。もしそれを知っていたら、私はそのままにはしておかなかった。なんとか彼女を助けようとしていたと思います」

イブリンは頷いた。

それが彼の本音だと判ったからだ。彼はひどいことを言って、イブリンを傷つけたが、その後のことは何も知らずにいたのだ。そして、本当に後悔していたということが判って、イブリンの胸は熱くなった。

彼はわたしが昔憧れていたときと同じ人だったね……。

振る舞いや言動が変わっていたとしても、その中にあるものは同じだった。

「やがて父は亡くなり、遺言を残します。一年以内に婚約者と結婚しなければ、伯爵として受け継ぐもの以外の財産を弟に与えると。私は投資ですでに資産を持っているし、今も稼いでいます。遺産がなかったとしても、恐らくやっていける。しかし、領地や古い屋敷には維持費がかかり、自分の子供に渡せるものが少なくなる。それに、遊び好きの弟に大金を渡せば、必ず道を誤る。先祖からの遺産を弟に渡して、無為《むい》に散財させる気にはなれませんでした。そして、私は再び女の子に会いにいきます。彼女は……」

アリステアはふっと笑った。

「彼女は相変わらず変なドレスを着ていたけれど、もうネズミなんかではなかったんです。彼女と初めて踊ったとき、それが判りました。生き生きとした瞳に白い肌。艶《つや》やかな髪に柔らかな身体。私はもう彼女と結婚するのが嫌だなんて思わなくなっていました」

イブリンはぽっと頬を赤らめる。あのとき、彼がそんなことを考えていたなんて、思いもしなかった。

「し、仕方なく結婚を申し込んだのでは……？」

「そんな素振りをしたのは確かです。私が愚かだった。遺言で強制されたこともあって、正直な気持ちを認められなかった。でも、彼女と話すうちに、上流階級にいる普通の令嬢とは違うところが気に入って、徐々に好きになり始めました」

「……本当に？　本当に……好きになったの？」

っている。

イブリンは思わず確かめずにはいられなかった。胸がドキドキしていて、ひどく気分が高ぶ

「もちろん。そして、彼女がまともなドレスを着たのを見たとき、早く結婚したくて仕方なかった。ところが、婚約披露パーティーで、まだ彼女を悪く言う輩《やから》がいた。私の昔の悪友……父に反発して遊び回っていたときの友人達で、親しいつもりでいたのに、私の婚約者の悪口を言い始めたんです。私が黙っていたら調子に乗って、どんどんひどいことを言い出したので、とうとう彼らを一人残らず追い出しました。もう二度と私に近づくなと」

ああ……。

イブリンは胸に手を当てた。

あのとき、書斎で葉巻を吸いながら、イブリンの悪口を聞いていた彼の姿を思い出した。イブリンがちょうど聞こえよがしに陰口を叩いていた令嬢をやり込めていたときに、彼は友人達を追い出していたのだ。

「やっと念願の結婚をしたときには、彼女に夢中でした。彼女は私のことを無理やり結婚させたと恨んでいるかもしれないが、いつかは私の妻になったことをよかったと思ってくれるかもしれない。少なくとも、私は彼女と結婚してよかったと思っていました。だが、上手《うま》くいきかけたのに、いろんなことが起こり、その度に彼女との仲はぎこちなくなっていって……」

アリステアは深く息を吸い込んだ。二人はいつの間にか立ち止まっていた。

「私は弟と彼女が笑いながら話しているのでさえ嫉妬してしまった。どうして彼女はこんなに私の心を揺さぶるのだろう。やっと私は気づきました」

彼はそっとイブリンを見つめて、頬に手を当てた。

「何に……気づいたの？」

「彼女を愛していることに」

イブリンはただ彼を見つめていた。

本当に……？

目に涙が滲《にじ》んできて、彼の顔が見えなくなる。

「しかし、私は怖くなった。彼女を愛しているとは気づかず、私はさんざん彼女に冷たいことを言ってきた。彼女は私を好きでさえないかもしれない。私だけが彼女を愛しているのではないかと怖くなってしまったんだ」

彼はそっと目を伏せた。

「私は幼い頃に兄を失くし、優秀な兄のようになろうと努力してきた。けれども、どんなに頑張っても、両親の愛は私を素通りして、弟に注がれていた。私はもう二度とあんな思いはしたくないと思っていた。だから、彼女の気持ちを確かめようとして……失敗した。彼女は私を愛していないのだと思った……」

イブリンは溢《あふ》れる涙を堪えきれず、ただ首を左右に振った。その様子を彼がじっと見つめている。

「……違うわ。あなたは間違っている」

イブリンの言葉に、アリステアは一瞬目を閉じた。

「ああ……イブリン」

彼はイブリンの仮面をそっと外した。イブリンは涙を流しながら、彼の仮面を外す。そして、彼の瞳を見つめた。彼もまたイブリンの瞳をじっと見つめている。

「わたし……あなたにネズミだって言われたことを、ずっと恨んでいたわ。プロポーズされたとき嬉《うれ》しかったけれど、お父さんのために結婚すると言われて嫌だった。無理やり婚約させられて……。でも、あなたのことをずっと愛していたことに気づいて、努力したら、あなたの心を掴めるのではないかと思って結婚したの」

「努力なんてしてなくても、私の心は君のものだった。私が気づかないだけで、ずっとそうだったんだ」

「あなたを好きだって言ったら、きっと笑われるだろうと思っていた。だから、気づかれないようにしようって。あなたが愛について語ったとき……わたし、あなたには他に愛している人がいると思ったの。だから、自分が傷つきたくなくて、わざと目の前でなければ浮気をしてもいいって……」

アリステアはほっとしたように笑った。

「じゃあ、本当は嫉妬するんだな？」

「もちろんよ！　でも……あなたはロンドンに行ってしまった。わたしが落ち込んでいたら、お祖母様はあなたを追いかけなさいっておっしゃって……」

「お祖母さんが？　じゃあ、この衣装にもそういう意味が込められていたんだな？」

「たぶん……。わたし、一度も素直にあなたに心を開けなかった。だから、告白しようと追いかけてきたのに、あなたったらわたしを避けてばかりで……」

「すまない。私はまだ君に嫉妬しないと言われたことにこだわっていたんだ。だが、この衣装につけられていた手紙を読んで、祖父が祖母の心を射止めたように、絶対、君の心を自分のものにしようと決心したんだ」

「まあ……嬉しい」

イブリンは自分がみっともない顔をしていることに気づき、涙をそっと指で拭おうとした。が、アリステアはその指を払いのけて、自分の大きな手でイブリンの頬を包んだ。

彼の顔が近くにある。

まるで夢を見てるみたい……。

彼の優しい瞳が自分をまっすぐ見つめている。

「愛しているよ……」

「ああ、わたしも……愛してる」

胸が感動でいっぱいになっている。もう何も欲しくない。一番欲しかったものが得られたから。

そっと唇が重なり、イブリンはこの上ない幸せを感じた。

二人は早々に屋敷に戻った。

アリステアは仮装したままイブリンを抱きかかえて、玄関の敷居を跨《また》いだ。今日は結婚式と同じくらい重要な日だと彼が言い張ったのだ。

確かに想《おも》いがやっと通じ合ったのだから、今日は大切な日だ。執事は驚いていたが、喜んでもいるようだった。二人がすれ違っていたことを執事も気づいていたに違いない。

イブリンは抱きかかえられたまま主寝室へと運ばれていった。

久しぶりの彼のベッドだった。嬉しくて仕方ない。

「あ……でも、この衣装は大切に扱わないといけないわ」

「そうだな。せっかくお祖母さんが今まで取っておいた衣装だ。大事に仕舞っておけば、私達の子供の時代にも大事な場面で活躍できるかもしれない」

それはどうだろう。今でもかなりの古着だ。しかし、こういったものを着るのは夜だけだから、なんとかごまかせるかもしれない。

アリステアはイブリンのかつらを取り去り、ドレスを優しく脱がせていく。彼も帽子とかつらは外している。

「しかし、これはなんの仮装なんだろうな」

「ドレスはただ昔の貴婦人をイメージしたものらしいわ。先祖の肖像画を参考にしたみたい。あなたのは海賊らしいわよ」

「海賊？　どこがだ？」

「さあ……」

彼の祖父がそういうつもりで作ったというが、それもどこまで本当の話か判らない。

「海賊だから、お祖母様の心を盗んだんですって」

彼はふっと笑った。

「なるほど。そして、君の心を盗ませようと、私にこの衣装を送ってきたんだな」

「ずっと前から、あなたのものなのにね」

二人は笑い合いながら和《なご》やかに話をしている。昨日までは、こんなふうに話すことすらできなかったのだ。

お互いの気持ちが判った今では、素直になることをあんなに恐れていたのが信じられない。

しかし、二人はどちらも意地っ張りだったのだろう。どちらかが先に気持ちを告白していたら、こんなにこじれることもなかったのだ。

でも、もうすべて過ぎたことだから……。

イブリンは一枚ずつ身につけていたものを脱がされて、とうとう一糸まとわぬ姿になった。

「久しぶりだからか、なんだか恥ずかしくなってきたわ……」

「こんなに綺麗なのに？」

イブリンは頬を染めて、先にベッドの上掛けの中に潜り込んだ。その間に、彼は自分の衣装を脱いでいく。

「私が海賊なら、君は囚われの貴婦人だな。可哀想に。粗野な男に乱暴されるのかと震えているところだな」

「あなたみたいな海賊なら、きっと期待に震えているんじゃないかしら」

「そうかな？　確かめてみないといけないね」

彼は服を脱ぐと、イブリンと同じように上掛けの中に潜り込んできた。

裸の肌が触れ合う。イブリンは久しぶりの彼の温《ぬく》もりを感じて、うっとりする。この屋敷に戻ってきてから、ずっと別々の部屋で寝ていたから、この温もりにずっと飢えていたのだ。

二人はしっかりと抱き合った。

それだけで、イブリンは今まで生きていた中で一番幸せな気分になれた。そして、これほど深く誰かを愛することができるのだと、不思議な気持ちにもなってくる。

物心ついたときから、彼はイブリンにとって理想の王子様だったが、今は自分に一番近い人だ。そして、誰よりも大切な夫だった。

愛は深い感情なのだと、彼が語っていたのを思い出す。イブリンはそういう感情を彼に抱いていたが、彼もまたイブリンに同じ感情を抱いているのだ。

「嬉しい……」

イブリンは思わず呟《つぶや》いた。

「そうだな。君とこうしていられることが嬉しい」

彼はイブリンの考えていることが判るみたいだ。これまでさんざんすれ違ってきたのが嘘みたいだ。

いつしか、二人は唇を重ねていた。

舌を絡め合い、貪り合う。もう離れたくない一心で、互いに身体を探り合う。イブリンは今までこんなに彼に大胆に触れることはなかったように思う。いつも彼に翻弄されるだけで、自信がないせいで、自分のほうからなかなか積極的にはなれなかった。

今は何をしても、彼が嫌がらないと判っている。だから、こうして触れるのだ。

「わたし……もっとあなたに触りたい……」

唇が離れたとき、イブリンは自分の気持ちを打ち明けてみた。

彼はクスッと笑う。

「触ってみたいのか？」

「ええ。あなたの肌が好き……。肌だけじゃないけど」

どこがと言えないくらい、すべてが好きなのだ。愛しくてたまらないから、好きなだけ触ってみたかった。

「じゃあ、遠慮なく触ってみるといい」

「ありがとう……！」

いつも翻弄されてばかりいる自分から、初めて彼に触れてみる。イブリンはドキドキしながら、ベッドに仰向《あおむ》けになった彼の上に馬乗りになり、掌《てのひら》で肩に触れてみた。

「男の人の身体って……わたしと違うわ。すごく硬くて……」

しなやかな筋肉がしっかりとついていて、イブリンはうっとりする。腕の筋肉、胸板や腹筋にも触れてみる。

「キ……キスしてみてもいいかしら」

思い切って訊いてみる。彼はにっこり微笑んだ。

「ああ、構わない。好きなようにやってみてくれ」

彼が許してくれたので、イブリンはまず胸に頬擦りをしてみた。なんて気持ちいいのだろう。陶然としながら、キスをする。

そのまま唇を滑らせていき、彼の広い胸のあちこちにキスを浴びせかけた。それからお腹《なか》のほうにもキスを仕掛ける。最初はぎこちなかったが、愛撫《あいぶ》しているうちに次第に恥ずかしい気持ちが消えていって。とにかく彼を気持ちよくさせたくてたまらなくなっていた。

だって、とても愛しいから……。

彼だけでなく、彼の身体も愛しいのだ。

イブリンは彼のすべてを愛しているという証《あかし》を立てたかった。だから、さっきから見ないふりをしていた下腹部へ目を向ける。そこは屹立していて、イブリンは思いきってそっと触れてみた。

恐々《こわごわ》触れてみるイブリンの行動がおかしいのか、彼はふっと笑う。

「別に噛《か》みついたりしないよ」

「わ、判ってるわ……」

それでも、やはり見慣れないものは恐ろしい。だが、何度か触れているうちに、もっと大胆に触れるようになってくる。そして、その部分も彼のものだと思うと、そこも愛《いと》しい気分になってきた。

両手でそっとそこを包むように握り、先端にキスをした。しかし、それだけでは物足りなくなってきて、あちこちにキスを繰り返した。そのうちに舌を這《は》わせると、彼は腰を少し揺らした。

彼も感じているってこと……？

自分の行動が彼を喜ばせていると思うと、嬉しくなる。もっと感じてもらいたい。その一心で、イブリンは愛撫を繰り返した。

とうとう口を開いて、先端のほうをくわえてみた。もうだんだん自分が何をやっているか判らなくなってくる。ただ、手の中のものが愛しくてたまらない。キスをするときみたいに舌を絡めると、彼は深い息を吐いた。

次第に、イブリンはこの行為自体に夢中になっていた。彼を感じさせていると思うと、鼓動も速くなる。興奮してきて、脚の間が熱くなってきてしまう。そして、そんな自分を恥ずかしく思うのと同時に、何故だか誇らしいとも思う。

だって、彼を愛している証拠だから……。

もちろん彼にしか、こんなことはしない。彼だけがイブリンをこういう行動に駆り立てるのだ。

「もう……充分だ」

掠《かす》れた声を出すと、彼は身を起こした。イブリンは押しやられ、シーツに横たわる。

「もう少ししたかったのに……」

「今度は私が君を堪能する番だ」

彼は言葉のとおり、イブリンがしたのと同じように身体のあちこちに熱心にキスをしてくる。

彼の情熱を感じて、イブリンは身体を震わせた。

どこにキスをされても、いつもよりずっと感じてしまう。

「はぁ……ぁ……ああ……」

彼に愛撫していたときも感じていたが、愛撫されるとそれ以上だ。イブリンは身体をくねらせ、感じていることを彼に伝えた。

彼もさっきの自分と同じくらい夢中になり、興奮しているに違いない。そう思うと、二人の繋《つな》がりが一層深くなった気がする。二人はひとつで、もう誰にもこの絆《きずな》を引き裂くことはできないのだ。

胸のふくらみを両手で揉まれ、その先端にキスをされる。

「ああっ……ん……あん……」

口に含まれたまま舌で乳首を転がされて、イブリンはビクビクと腰を揺らした。脚の間はもうどうしようもなく蜜に塗れていることだろう。身体の芯が痺《しび》れるように熱くなり、甘い疼《うず》きを感じた。

腰を擦りつけるように身体を揺らし、もっと愛撫をしてほしいとねだる。イブリンはそんな自分を止められなかった。

どんなに恥ずかしくてもいいの。もう……我慢できない。

アリステアはそれが判ったのか、顔を上げると、お腹からその下へと唇を滑らせていく。太《ふと》腿《もも》にもキスをして、彼の両手がその太腿を左右に押し広げた。

イブリンの鼓動が跳ね上がる。

彼は躊躇《ためら》いもなく両脚の間に顔を埋めてきた。

「あ……はぁ……ん……っ」

蜜を舐《な》められ、身体が震える。ピチャピチャという音が寝室に広がっていく。イブリンの身体はすっかり蕩《とろ》けてしまい、彼に舐められたまま溶けていきそうな気さえした。

特に敏感になっている部分を舐められると、腰がガクガクと震えた。

「ああ……ん……もう……っ」

そこを中心にして、熱が全身へと広がる。イブリンはもう自分を止めることができなかった。やがて鋭い快感が突き抜けていき、身体を強張《こわば》らせる。

「あぁあっ……！」

身体が浮き上がるような気分になり、全身はその余韻に浸る。彼は起き上がると、まだ熱く火照っている秘部に己を深く突き刺した。

「やぁ……あぁん……」

すっかり蕩けているところへ新たな刺激が加わったことで、イブリンは叫びだしそうなくらい感じていた。自分ではどうすることもできず、彼にしがみつく。敏感な内壁を彼のものが擦っていくと、たまらず細い悲鳴のような声が口から飛び出す。

彼はふっと笑った。

「そんなに締めつけるなんて……」

「え、何……？」

彼の言うことが判らず、聞き返す。

「君の中がキュッと締まったんだ。私を離したくないと言うように」

「そ、そうなの？」

自分の身体がどうなっているのかなんて判らない。彼を感じさせて嬉しいと思っていたが、結局は彼に翻弄されていた。

でも、それでもいいの……。

彼も感じ、わたしも感じてる。

今、二人は繋がっていて、両方の感覚もまた繋がっている。これが、二人がひとつになっているということだ。

わたしはあなたのもの……。永遠に。

彼はイブリンと繋がったまま、体勢を変えた。二人は身体を起こし、向き合っている。イブリンは彼の首にしがみつき、気がつくと腰を振っていた。彼もまた下から突き上げてくる。

ああ、もっと、もっと……。

もっと感じたい。

本能のままに動くと、ふっと身体が浮き上がるような感じがして、鋭い快感に貫かれた。そして、彼もまたぐっと突き上げたまま熱を注ぎ込む。

イブリンは彼にしがみついて離れなかった。

ベッドに二人で横たわり、唇が腫《は》れているのではないかと思うくらい、さっきから何度もキスを繰り返していたが、イブリンは飽きなかった。

今夜のことで、一層、アリステアを愛しているという気持ちが強くなっている。それを示すのに、キスは一番簡単な行動だった。

「ああ……イブリン……！」

彼もまた同じ気持ちのようで、イブリンを抱き締めてくる。

身体の温もりが溶け合い、幸せな気分になった。

思えばいろんなことがあった。初めて二人が出会ったのは、イブリンが赤ん坊の頃のことで、こちらにはまるで記憶がない。

イブリンはクスッと笑った。

「何がおかしいんだ？」

彼はそう言いながら、イブリンの耳朶《じだ》を引っ張った。

「赤ん坊のわたしを婚約者だと言われたとき、あなたはどんな気持ちだったんだろうって思ったの。まさか、こんなふうになるなんて、想像もしなかったでしょうね」

「私だってそのときはまだ子供だったからね。こんな猿みたいな生き物と結婚するなんて絶対嘘《うそ》だと思った」

イブリンはクスクス笑って、彼の腕をつねる。

「猿ですって？」

彼はふと真顔になった。

「そういえば、ネズミと言ったことは本当に悪かった。あのときは誰とも結婚する気はなかったし、君が私に幻滅すれば、結婚から逃れられると思っていたんだが……」

「いいのよ。はねつけてくれたから、少女っぽい憧れは消えて、また新たに恋に落ちることができたんだもの」

「そうだな……。君には気の毒だったが、おかげで誰一人、君の傍には男が近寄らなかった。でなければ、君は誰かのものになっていたかもしれない」

彼はギュッとイブリンを抱き締めてくる。

他の男のものにしたくないという気持ちの表れで、イブリンは胸の中が温かくなってくる。

「わたし達、お祖母様にお礼を言いにいかなくちゃ」

「確かに、お祖母さんのお手柄だ。いくら礼を言っても言い足りないくらいだ」

「あの……ロンドンでの仕事は終わったの？」

「元々、仕事は言い訳だった。結婚前にやるべきことはやってしまっていたし、しばらくはフエアフィールド・ホールにいるつもりだった」

「じゃあ……」

彼はにっこり微笑《ほほえ》んだ。

「ああ。また行こう。お祖母さんに仲直りを報告して、あそこで君と蜜月を過ごしたい」

彼はそう言いながら、イブリンの背中を撫《な》で回した。

「あ……」

「背中も敏感なんだな？　キスしてやろうか？」

イブリンは彼の青い瞳を見つめた。

その優しい眼差《まなざ》しに、うっとりしてくる。

「わたし……幸せよ」

「私もだ。イブリン……愛してる」

「ああ……わたしも……」

彼の顔が近づく。

「愛してるわ……」

アリステアの両手がイブリンの頬を包み……。

二人の唇はゆっくりと重なった。

あとがき

こんにちは。水島忍です。『意地悪伯爵と不器用な若奥様』、いかがでしたでしょうか。

毎度のことですが、ネタバレありなので、小説のほうを先に読んでくださいね。

今回のヒロインのイブリンはとんでもないファザコン娘です。父を愛し、尊敬し、父の望む地味なドレスを身につけ、舞踏会でどんなにちやほやされたかという作り話を父に吹き込み、挙句の果てに父の望む相手と結婚してしまいます。

花婿のアリステアはイブリンの初恋の相手です。でも、社交界にデビューして、精一杯着飾っていたときに『ネズミみたいだ』と言われたことを、今も恨みに思っています。そのネズミ事件のせいで笑い者にされ、いじめに遭ったものだから、余計にアリステアを執念深く嫌っているのです。いや、内心ではまだ好きなんですけどね。複雑な乙女心です。

ただ、イブリンは耐えるヒロインではなく、かなり辛辣なヒロインなのです。おとなしく見えても、言わねばならないときにはガツンと言います。

乙女系小説をずいぶん書いてますが、「大嫌い」ってヒーローに言ったヒロインは、私の作品の中では初めてなんじゃないかと……（たぶん）。個人的にはあのセリフは新鮮でした。

アリステアにしてみれば、イブリンが悪いわけではないことは充分判っていても、彼女を遠ざけるためにあえて『ネズミみたいだ』と言ってしまったんです。とはいえ、その先、イブリンがどんな目に遭うのか、まったく考えていないし、気がつきもしなかったんですが。

　意地悪な上に鈍感という……本当にひどい奴です（笑）。

　アリステア自身、親から亡き兄と比べられたり、勝手に婚約者を決められたり、愛した人に裏切られたりと、いろいろひどい目に遭ってきてますが、そのわりには他人に対してあまり優しくないというか……。まあ、タイトルどおり意地悪伯爵ですよね。本人に自覚がないのが一番ひどいと思います（笑）。これって、ある意味、親譲りなのかもしれません。

　しかし、なんといっても容姿は一級品で、イブリンの理想の王子様です。イブリンが小さい頃には優しかったんですよね。そのときには、自分の花嫁だなんて本気にしてなかったからなんですけど。でも、ちゃんと優しいところはあるってことで！　ハイ！

　父への反抗心もあって、孔雀のように羽を広げ、華やかな社交生活を満喫していたアリステアですが、一方では父を凌駕する財産を築いています。そもそも彼の父親は別に悪い人でもなんでもないし、かつてはナポレオン相手に戦ったわけですから、イギリスの英雄とも讃えられていたはず。彼も父を尊敬し、憧れる部分もあったと思います。彼の父も次男で、爵位を継ぐ身ではなかったわけで、そういった意味でシンパシーもあったのでは。

　そんなわけで、肝心なところでは父親を裏切れないのでした。父の名誉のために誓ったことは守らなくてはならない。だから、イブリンにプロポーズしようと決心します。でも最初は嫌々ながらやってきたのに、今のイブリンを見た途端、ノリノリになってきます。結局、あっという間に恋に落ちるのですが、ここでも彼はなかなか自覚してくれませんっ！（笑）

もう、気づけよって感じですけど。鈍感伯爵です。

とはいえ、イブリンのことをどんどん好きになっていくうちに、彼も変わっていったと思います。イブリンのほうも辛辣ヒロインではなくなり、恋する乙女から『恋する新妻』に変身していきます。

そんな二人の新婚生活にはやはり波乱が起きますが、最後にはやっと互いに向き合うことができます。ホント、お疲れ様って感じですね。お幸せに〜！

さて、今回のイラストはアオイ冬子先生です。アリステア、めっちゃ王子様ですね。カバーイラストは仮面舞踏会仕様なのかな。海賊のはず（彼の祖母談）なのですが、見た目は王子様そのものです。それから、イブリンのドレス、すごく凝ってて好きです。色もデザインも。キラキラしていて、まさに眼福！

アオイ先生、素敵なイラストをどうもありがとうございました！

そして、読者の皆様、この作品を楽しんでいただけますように。それでは、このへんで。

水島 忍

ガブリエラ文庫

MSG-026

意地悪伯爵と不器用な若奥様

2016年4月15日　第1刷発行

著　者　水島 忍　©Shinobu Mizushima 2016

装　画　アオイ冬子

発行人　日向 晶

発　行　株式会社メディアソフト
〒110-0016　東京都台東区台東4-27-5
tel.03-5688-7559 fax.03-5688-3512
http://www.media-soft.biz/

発　売　株式会社三交社
〒110-0016　東京都台東区台東4-20-9　大仙柴田ビル2F
tel.03-5826-4424　fax.03-5826-4425
http://www.sanko-sha.com/

印刷所　中央精版印刷株式会社

水島忍先生・アオイ冬子先生へのファンレターはこちらへ
〒110-0016　東京都台東区台東4-27-5
(株)メディアソフト ガブリエラ文庫編集部気付 水島忍先生・アオイ冬子先生宛

ISBN 978-4-87919-330-8　Printed in JAPAN

ガブリエラ文庫WEBサイト　http://gabriella.media-soft.jp/

強引公爵の溺愛
Novel すずね凛
Illustration ウエハラ蜂
離さない――君を
憧れの相手と間違えて、強欲と噂される軍人公爵ランスロットに告白してしまったアンジェリーナ。女性からの勇気ある行動を気に入る公爵にとっさに否定出来ずそのまま付き合うことに。豪奢な橇での送迎、有名レストランや遊園地を貸し切る等、公爵に振り回されながらも徐々に惹かれていく。「ここが感じる？どんどん溢れてくる」甘い囁きと愛撫に蕩けていく身体。彼を好きになるにつれ告白は間違いだったと打ち明けられなくなって!?
好評発売中！